文字森林
READING FOREST

文字森林
READING FOREST

我終於捨得讓雪落下

劉定騫 著

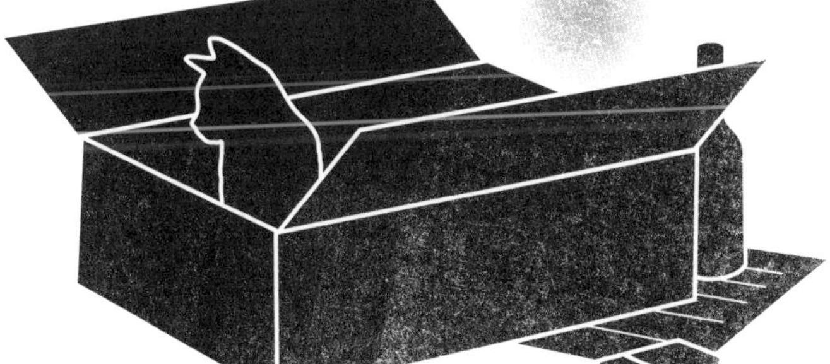

好評推薦

生活中的零光片羽，都在反映那個當下最真實的感觸，卻散落在茫茫網海中，若非集結成冊，那些細微哲思或許就此雪藏，我們就要錯過了不同時空的劉定騫。

——李豪（作家）

這本書給人的感覺很輕，每一章節都短短的，像一個隨筆，呢喃地在你耳邊跟你分享他的心得、他的回憶。在不知不覺中，心也漸漸緩和了下來……

——邵佳瑩（老王樂隊大提琴手）

日常的呻吟集結成冊，竟令人意外地感到充實，好看得停不下來。

——張立長（老王樂隊主唱）

生活裡總有些悲傷的小愛小事，但劉定騫就是能把這些小事寫得溫柔，叫人疼痛。

——陸穎魚（詩人、詩生活店長）

走入書中永恆的冬季，你將看見白色
雪花翩翩落下，卻沒有一點冷的感覺。

——渺渺（作家）

書裡寫下了三十後的人生，我們總以為長大之後，就足夠成熟，能不再迷惘，才發現有些事情，可能一輩子都沒有標準答案。但也更懂得那些擁有和失去，哪些該愛該珍惜。讓我們在許多未知的迷惘裡，即使無解，仍願意前進。

——筆枒町（作家）

定騫的文字像落到掌心的雪，一抓就化。赤誠是他在記憶這股寒冷的同時、仍無畏地伸手，彷彿遊戲那樣：即使脫皮凍僵、也要好好打一場雪仗。

——漉漉（詩人）

曾經最大的願望是想賞一場浪漫無比的大雪，用小小的手掌接住每一次落下的希望，現在看來那樣慎重的舉止總是顯得矯情，只因長大後漸漸明白，世上有些意義是沒有意義的，意識才決定了意義，然而在決定的那一刻我們就成了大人。就像這本書裡的文字一般，有些還沒落下的遺憾終是捨得撕去它的姓名，再一次想起時，也只是熱淚盈眶。

——蘇乙笙（作家）

contents

輯一

日子不過是心的顯影

輯二

回到成長的案發現場

輯三

如雪盤旋的思念

輯一

日子不過是心的顯影

往事像一卷底片，時間與內心會慢慢地曝，
顯影了什麼，我們就能憶起什麼。
如果你還是感到苦痛，就意味著你仍在與自己和解的路上。
如果你感到溫柔，就輕輕跳舞。

不開燈的房間

夢裡有懼怕之事。

醒在這樣的早晨感到悲哀，膽小多刺。以為生命裡漸漸淡忘的死結，以另一種形式收束並覺得困。

前兩日窗外有光，只是走不出去，如今是陰天了。

在不開燈的房間，再不覺得心是荒野，倒像收納櫃。有些整整齊齊地擺著，有些散落，有的忘了裡面是什麼，有的不要打開。開了，就什麼都翻了。

別人

聽說我出生時，全身換血治療。
我是真的曾這樣想過，我體內的血，是別人的，是不是我或多或少有了別人的個性。

我們把刀拔出來了，淤血也慢慢散了。

血還沒流乾，痛還隱隱。
體內的血，有些是你的。
我也是懼怕的，這樣沒見過的自己。
如果疤與裂痕都是不能忽視的東西。
我們就都成為了，別人。

時間的手術

曾看過一部影集，每個人都被植入了晶片，記憶是可以回放的，甚至可以被刪除。

如果真的能刪去記憶，你會刪去什麼？

說來虛弱，有時的確愚蠢得近乎想說出：「我寧願從來沒有認識你。」但其實心裡清楚地明白，從認識你之後，我的一切都加速在改變，像是從那個時間為一個基準點切割，平行地複製，就此生活在一個截然不同的世界。殘忍的是，人生不是一本能夠反覆閱讀的小說，無從得知所有的相遇最後導致的結果。

是好是壞，必須取決於視角，但現在的我只能直覺式地感受。因為讓人走進心底，也代表靈魂的鑲嵌。

拔離之所以痛楚，是因為不只分離了對方，也分離了自己。

其實我們都不知道在緩慢的歲月裡，自己正在進行一場極其複雜的手術，沒有明確療程，痛時沒有嗎啡。直至有天，住在心裡的醫師才會告知你，你好了。

能感到好，已是萬幸。

掉了

我沒有想過，掉了一本書會讓我心裡不對勁了好幾天，不時想著它的下落。儘管知道它不會回來了，還是有種放不下的、不甘願的遺憾，不知道是不是我還沒有讀完第二遍的關係。

最近初老的體悟有二。

一是身體各功能程度下降幅度劇烈。以前即使是稍長距離的交通移動，也可以一直看書，而且少有不耐。但前兩個月從日本飛回台灣不過兩三小時，儘管機上有免費的院線片可看，我依舊不時側身，坐立難安。

至於搭上火車就更慘烈，傾斜加速系列的特快車像是遊樂園裡刻意搖晃身體的設施，我原本就適應不良，一般的自強號還可以，但最近也不行了。從高雄到台北，像是一場長達五小時的宿醉折磨。

二是開始掉東西。

你掉過最好的東西是什麼？我一向是個很少掉東西的人，記憶裡難忘的有兩樣，都是好東西。

第一首推貼紙簿。

小時候，大概是幼稚園到小學這段時間，我很著迷一部叫《萬能麥斯》的卡通，反正就是一個小孩子憑著一頂繡有M的帽子就能開啟時空門，到處冒險打怪的故事。

我吃了好多零食，吃到門牙都蛀牙掉光，就是為了蒐集零食裡面附贈的萬能麥斯貼紙，有一系列還是2D浮凸的，特別珍貴，我有一整套。統統貼在我的貼紙簿裡。

除此之外，還有《快打旋風》、《七龍珠》、《忍者龜》，大貼紙簿滿滿的都是我喜歡的人物，我可以盤腿坐在地板上一頁一頁欣賞我的收藏，耗掉一整個童年的晚上，我的貼紙簿，時尚時尚最時尚。連班上喜歡的女孩子要跟我交換其中一張貼紙，我都狠下心拒絕了。

但有一天我怎麼找都找不到它，找遍整個家都沒有。

當我認知到我真的弄丟了，也不知道能跟誰要回來的時候，我嚎啕大哭，我覺得我是那時候世界上最傷心欲絕的小孩子。

第二是黑帶。

我打過幾年的空手道，跟線上遊戲練功差不多，從白帶開始練起，然後慢慢晉級到各種顏色的等級，黃綠藍紫紅咖啡，花了不少時間，再來才奪取到黑帶。一條很漂亮的黑帶。

黑帶只要在腰上一綁，就會摩擦，一摩擦，就會掉漆，綁的次數越多，掉色越嚴重。越資深的前輩，腰上的黑帶都快變回白色了，反倒有一種返璞歸真的強悍。

黑帶一側會繡上流派，一側會繡上你的名字。

當同齡的孩子都在玩時，我在蹲馬步；當同學在看電視裡怪獸被主角打飛的時候，我人在現實裡被對手踢飛。那條黑帶是我用汗水與痛苦換來的證明。

用努力換到的東西，都值得重視。

尤其當我越長越大，發現原來努力也不見得能換到一些什麼的時候，那條黑帶在我的腦海裡就越有重量。

但我還是弄丟了。

當逐漸明白掉東西的揪心之後，會開始小心翼翼。於是這幾年沒掉過什麼能扯心裂肺的玩意。

但我最近掉的東西，將這些年苦心經營的精明推翻得一場糊塗。

喜歡的襯衫不知忘在哪家咖啡店。慣用的筆下落不明。

最無言的是出國前一晚，儘管隔天一早的飛機，幾個朋友還是聚在一起吃宵夜，吃完到便利商店喝飲料聊天，依依不捨地說再見。

在快要上高速公路前，我彎身想拿東西，卻摸了個空。

我問開車的W說：「我們離開便利商店多久了？」

他說：「十幾分鐘吧。」

我問：「你覺得我的背包還會在嗎？」

他無言的表情看著我說，幹。然後一個大迴轉。

再過幾小時我的班機就要起飛了，我的護照，幾萬元的現金，全部在我的背包裡，而背包被我放在便利商店的座位上。

該是要很緊張的，我記得離開前，那個座位區還有不少人在吃喝聊天，背包被拿走的機率不低，就算真的報案透過監視器把背包找回來，我的飛機鐵定早就飛到大阪再飛回來了。

但我笑了出來，因為吃個宵夜就把護照搞丟導致無法出國，簡直蠢到有剩。

我笑了出來，因為從沒想過自己可以那麼蠢。

回國後沒兩個月，往台北的自強號上，我從背包裡拿出一本讀到一半的書，準備在途中看完，但還沒翻開，就感到頭暈目眩，便放到一旁，開始胡思亂想。想到一些東西又想記錄下來，抽出筆電開始敲打，打沒多久更暈了，如此惡性循環，在極度不舒服的狀態下到站。我匆忙地抓起背包下車，書就被我遺落在車上。

後來打電話到車站詢問遺失物，也沒能尋回。

我沒有想過，掉了一本書會讓我心裡不對勁了好幾天。

這不對勁的感覺似曾相識。

這跟把感情弄丟的狀態有些雷同。

會不時想著它的下落，儘管知道它不會回來了，還是有種放不下的、不甘願的遺憾。

我想起了曾掉了的感情。想起了陳希。

也想起了在特意不聯絡的日子裡，我曾在夜裡寫下一封短信。

「想妳了。是的，誠實的。前兩天的夜裡我失眠了，在翻完一本書後。翻來覆去地看著天花板，腦袋卻被回憶進攻了。以為這兩三個月來已經很少想起妳，即使有，也僅是一些些的輕描淡寫，像是那些吹著風一起散步的夜晚，就只是輕輕的。但我掉淚了，在哼完一首歌之後。原來，妳仍舊存在於我的呼吸、潛伏在我的心跳，藏在我每次轉身裡。看著照片，我仍能感受到妳手掌的大小與手心的溫度，我曾看見妳的瞳孔裡住著我，而我幾乎要相信那是一輩子。」

而這封信始終沒有被她讀到。

有時候我們對愛情的遺憾也許也在於，這段感情還沒有讀完，還想繼續下去，你會覺得還有故事啊，還有美好的結局。卻不清楚從哪一刻起就這樣丟失了情節，掉了所有對白。

因為掉了，所以念念不忘。

念念不忘的，也許在心裡從未丟失。

撿得回的叫僥倖。而回不來的，在許多許多年以後，才終於淚中帶笑地明白，啊哈，原來那些弄丟的，原本就不是你的。

像影子追著光

每個人的青春都只會有一次，青春裡總會有一些特別的人。
陳希是那道怎樣都無法忽視的光。
內心經常掉入黑暗的我，在她身旁都能感覺溫度。生物都會有趨光性嗎？
陳希總有許多夢、要旅行的遠方，她帶我聽許多獨立歌手與樂團。我和陳希，如〈追光者〉的歌詞一般：「我可以跟在你身後／像影子追著光夢遊」。
她是光，我是影子。
不明白自己的時候，樣子是別人給的。

我們在靠近山海的地方讀書，後來到城市工作，剛出社會的我們像捷運列車般搖搖晃晃，開心與難過、迷惘也新奇，那些一起逛著展覽、聽音樂演出的日子。
每段關係，都有最完美的距離。

想靠近了，原本和諧的運轉軌道便會傾斜，開始了大小爭吵。

爭吵最凶的那天，下午日本發生了有史以來最大的地震，晚上我們在咖啡店裡不斷關注著消息，沉默少語，心想要懂得珍惜。

後來陳希持續在城市裡探索著生活，我回到家鄉經營起一家小小的店。

是理解與認知的不同吧，光與影之間的連接點終究是斷了。

收到她寄來的專輯，岑寧兒的《4-6pm》，於是店裡不斷地循環播放。

我常常覺得自己就是那個沒故事的人，不過是在心跳與心跳之間偷生。

陳希在信上仍鼓勵我要記得前進，只是我彷彿失去了抬頭望著光的依賴感。

當光移開時，總會在剎那之間無所適從，需要時間適應。

也許在暗裡，我們才能不依賴目光，好好摸索自己的模樣。

*註：篇名引自岑寧兒〈追光者〉歌詞。

又破碎又完整

那天，才踩上單車沒多久天空就開始落雨，瞬間傾盆。

當下決定去一家想造訪很久的咖啡店躲雨。

選了一張靠牆的像是書桌的座位，桌上有燈，燈旁有隻兔子，我喜歡它的表情與坐姿，便拿起來端詳。

結果手一滑，就把它給摔了。

當下覺得自己丟臉至極，咖啡都還沒喝到，就把人家的擺飾給弄壞了。我窘迫地向店的女主人道歉，說我要買回家。

對比我的慌亂，老闆娘用一種不疾不徐的安撫口吻說：「沒關係，不用買回去，那是我們自己做的，等等我黏回去就好了。」

接下來的時間我咖啡喝得極不專心，不時望著泥作櫃檯上支離破碎的兔子。

再過了一會，當店內事務都告一段落，老闆娘開始了修復工作。
逆光的手像是魔法般地施展，很想捕捉那一刻卻遲遲不敢，最後只拍下完工的一幕。
兔子的背影好堅強，像是滿身破碎後被修補了，又能好好的。

我說，我還是要帶它回家。
她告訴我，沒有喜歡真的不用勉強。
我說我是真的喜歡。

於是我有了一隻兔子。
坐姿相當自我的兔子。
它如此破碎，也如此完整。

二月

二月的最後一天，整個世界以一種要垮不垮的方式運轉，搖搖欲墜。想試圖撐起，但又不知道該從哪裡。

搖晃總是突然，沒有預警，這幾日常常有暈眩感，戒斷症狀正在發生。感到孤獨的時候，整個世界指的就是自己。其實這樣小小的，偏偏又自以為是。

這樣的日子，沒有下雨也能感到陰鬱，只能放Damien Rice。滄桑的嗓音會把你體內某種無法言喻的情緒給扯開、給撕裂。而其他只需要一把木吉他，真的，只要一把木吉他。只需要銅弦與木箱的共鳴。再多，就什麼都承載不了。

你早已縮小、縮小。小到像一個盆栽。只希望午後別再有雷雨，是這樣卑微的祈願，但你知道天色的變換可曾應允過誰？

過分安靜的時候。過去破的洞，會開始在身體某處打轉，形成引力，漩渦般地將你往某種幽暗之處拖去。你分不清在那棲息的是可怖的獸，還是你本就是獸了，不過是回到源處。

屋子外面彷彿有陽光，體內卻隱隱有寒意。你伸手握住水杯，需要確定溫度。溫暖究竟是一種物理還是心裡現象？

今年的日曆仍躺在書桌邊緣，還沒拆封，上面已淡淡積了塵埃。

你想著，也許曾有個人是真正被什麼傷害過，雖然那天沒有成為一個放假的紀念日，但總會被一些疼痛提醒著。

冬夢

天冷到實在有點猖狂的時候，身體像是被切換成休眠模式，半夜醒來的次數變少，睡眠時間也被拉長。

以為住過更冷的國度，就會不怕寒流，但溼冷的身體感受，遠比乾冷折磨。已經習慣了半夜清醒，久了便不覺得是種障礙。

這段時日以來，深層睡眠變深，熟睡時會更沉；但淺層睡眠也變淺，夢境常常清晰如親身經歷，處於睡與醒的邊緣。

但這樣的冬夜，彷彿蛇逆向蛻了一張畫咒的皮，將我捲覆起來，困在夢境之中。

夢裡是一場喜宴，一張圓桌坐了一半的小學同學。

在短暫的聊天後，一個男人走向我們，沒說什麼便將我盤中的麵包拿起來吃了，我以為是哪個長大後我認不出來的同學。他吃完後便走了，我問其他同學他是誰，結果沒有人知道。

場景瞬間跳到一間教室，滿目空蕩蕩的課桌椅，只有一個人坐在位置上。我一眼就認出他，他依然是小學生的樣子。

很多人我都已經忘記了，但我卻記得他的名字，他的座號。他傻傻的，常常考最後一名，門牙黑黑的還缺了半顆。

我跟他說，我們早就畢業啦，該走了。他只對著我笑，繼續坐在椅子上跟自己玩。我搖搖他，說我們畢業了，走吧。他還是只對著我笑。

我不知道為什麼他不離開。

我坐在車子裡，速度飛快，緊緊貼著前方那台車。

國中同學J正踩著油門，加速衝刺，想甩開我。

像電影《玩命關頭》般，我們在道路上飛車追逐，我不知道勝負的終點在哪。我只知道要死命跟著他。

突然，側面一台車衝了出來，將J給撞了。J很生氣，因為那台車是新買的，維修費要一萬元。

我很納悶為什麼J毫髮無傷，而且維修費好便宜。

我看著小熱學長打了一顆界外球而遭到三振（沒錯，是壘球的規則）。他變成了右打，但他明明是個左撇子啊。

球隊的成員們因為三振而訕笑，我環顧四周，確定自己回到了大學時期，而不是畢業後的球隊相聚。因為大家都還是青澀的模樣，清瘦的身形，不是現在中年發福的臃腫不堪。

我冷醒來後想著，小學、國中、大學，這些夢不就是我學生生涯的跑馬燈嗎？但為什麼沒有高中時期？會不會是無趣到連意識層裡都沒有半點東西留下。動了動，左手臂感到疼痛，大概是昨晚蜷曲著棉被時用怪異的姿勢睡著了。

在買火車票的時候，如果一班火車從一個地方駛到另一個地方時剛好超過晚上十二點，該班車下方便會附註：在某某地方跨日。

我喜歡這樣的敘述，彷彿這台火車會載著人們從今天跨越到明天。所以，我昨天在還沒「跨日」就睡著了，夢才特別長。

這些夢也把我從昨天載到了今天。

前幾年臉書的興盛把失散許久的同學們又重新連結在一起，小學同學還特地開了一場同學會。

原本就小班級的我們只來了八個人，大家說著近況，還有跟哪些同學聯絡，或是耳聞誰的消息。但在那次之後，我們也不曾見面了，我們都長大成了不太一樣的人。

在那個小小的鄉下小小的班級裡，時間點燃轟地一聲的煙火，我們終究散落在世界各處。大家都有前方的關要過，我們很少很少往回看。

剛到台北工作那年，也是這樣的寒流。我半夜冷醒，在臉書寫下：希望這個冬天不要再被冷醒。

球隊的學長打給我，特地開車到板橋，載來一床棉被給我。我眼眶紅紅，心想要記得人家對我的好。而後來，我卻連學長的婚禮也錯過。

躺在床上，過去的事像投影一幕一幕。我縮成一團，想把自己縮成一個點。

在這樣一個冬日早晨，層層漸漸冰凍的緩慢時序裡。我卻感到在我以外的空間，有些什麼，正在加速地離我遠去。

三月

有時候會深深覺得自己失去了用文字表達心事的能力。

心事，心中念想之事。

心事在整個三月的變化是劇烈的，因為這樣的時節，總陰晴不定。

陰晴不定，像個執拗的孩子，無法順從某個方向運轉，就只能往內扭曲。

多接了一份工作，也像換了一種生活形態。

之前失眠、半夜醒來的症狀漸漸減少，取而代之的是嗜睡。一種怎麼睡都疲累的身心。

唯一沒變的是多夢，仍在夢境裡奮力地角色扮演，輒多齣戲碼的演員，卻在每刻的當下都不曾懷疑過。那種全心、無愧的自我，令醒來之後空茫的自己感到沮喪。

輕飄飄地遊蕩在這世界，有什麼是能真切感到腳踏實地的嗎？

三月是適合啟程的日子，無論要去哪裡。
出發和離開，有時是同一件事。
但有時腳步太輕，連自己，都無法醒來。

日常

他從日常瑣碎枯燥的工作裡抽離出來，如同換氣般地覓食，天空卻開始落下大雨，無論是否是這樣的夜，也總是獨身吃飯。他走著、想著自己關掉社群網站、停掉手機，自己就是一具丟棄在深山中的屍體，不知道多久才會被人發現。即使被發現了，也會和別人的記憶對起來面目全非。

他空閒時閱讀，卻幾乎不看犯罪推理小說。他心想，就算是警察與偵探也會對他毫無興趣吧，所有的線索與關聯都會硬生生地在他這裡斷掉，是個既空白又無趣的角色。

他愛看那些天文學的書。

有時候他會站在天橋上，看著底下的車燈川流如一條銀河，而他就飄浮在那上方。

他明白自己不用塌陷，也是一個黑洞，別人都看不見。

他撐著傘緩緩走著。

想像那些被雨擊落又濺起的，都是陪伴在旁，無數的星體。

你看到什麼

我總有一種預感。

他們在分手之後，兩個人的生活會分別以飛快的速度推進。

王若水告訴我，他提分手，是為了想搞懂一些東西，而要搞懂，就必須拉開一點距離才行。

我問：「難道不怕之後回不去嗎？」

「如果一直待在同一個地方卻什麼也搞不明白，那不如一開始就別出現在那裡。」他的眼神像一隻準備斷尾的壁虎。

我暫時無話可說。

他拍拍我的肩，離開這個展場。

在他的身影消失在我的生命之前，他說：「不過有些人就適合留在原地卻什麼都不搞懂。」

我去他媽的。講話就講話，拐來拐去的，蘇花公路嗎。

我轉身繼續看著那張畫，我已經站在這幅畫前一下午了。這張畫很簡單，就一張畫布，黑色顏料塗抹了整張，我檢查過，毫無縫隙，一點留白都沒有。

這張畫很簡單，幾乎沒有什麼人為它停留。我原本也是看個一眼就要閃人，如同大部分以為自己來這看畫展就能提升生活素養的人一樣，直到我看見右下角白色說明方塊紙上面的畫名——〈你看到什麼〉，我就佇在這了。

王若水的話，這張黑抹抹的畫，還有這兩個以外的，我什麼都沒能搞懂。

原本想撥個電話給王若水告訴他：「有些人在還沒搞懂一些什麼之前，是不會離開的。」

但不久後，就有一個展場工作人員走過來跟我說：

「先生，展場再十分鐘就關閉囉，請你往出口移動。」

見過

有人帶你看過世界
儘管不是你喜歡
仍要心存感謝
無論是你見識過才不要的
還是你原本不要的
終於見過了

人太容易以自身經歷去定義世界。

當然，你眼睛所見、你心所感受，決定了你世界的樣子。我也是這樣的，是山海、是森林；是擠迫的電車、抑或地獄。

我們可以分享，甚至在彼此的世界裡擔任起角色。但你的黑色是你的，如同我的破損是我的。

藉由交談，我們可以想像那些未到之處的景色。但如果我們之間，只剩說服，或被說服，那我們之間的包容並不柔軟。

我懷疑所有的擲地有聲，總有太多強硬。

像個孩子

「抱緊我抱緊我
直到我有一種溫暖的感覺
我真的需要你來理解我
像個孩子一樣」
——汪峰〈像個孩子〉

最近，和孩子相處的機會多了。常常在剛要打開自己的時候，就要道別。自從身邊的同學朋友漸漸成為爸爸媽媽之後，我開始面臨己身與他人之疑問：「喜歡孩子嗎？」

孩子，是天使，還是惡魔？

常在餐廳或是火車上，聽到嚎啕大哭的孩子，想大開殺戒的念頭總是有的。

但如果是認識的孩子，包容心就提升到自己都匪夷所思的地步。外甥尚在襁褓之際，我還曾逗弄他，哭啊哭啊，怎麼不哭啦。

我以為六歲的孩子會是惡魔般的存在，卻在相處時，感到他們不過是一隻隻容易失控卻又純真非常的幼獸。

小胖弟不知道為什麼惹火了同學，他拉著他的衣角，一臉無辜委屈地說：「我們還可以當好朋友嗎？」

同學沒理他，他沒放棄。

我看著這一切在心裡想著，如果所有被自己破壞掉的感情，我都能拉下臉來說聲道歉，是不是人生中還能有彼此的存在？

還有一個自閉症的孩子，沒能心情平穩地撐到夜晚，無法和同學們一起睡在遊樂園，只好回家。早上我去遊樂園門口接他的時候，他拉著爸爸的手，問：「他們呢？」

我內心突然有東西翻攪，我說：「他們在燈塔等你喔。」

他們看到他來了。

他們跑過去，牽著他。

大合照時，他無法直視鏡頭，卻依然笑著。

我很想哭。

我們能包容和自己不太一樣的人到幾歲呢？

我們甚至，不擅長擁抱了。

我想起了孫得欽寫過：「不明白接吻比牽手容易的／大抵都是未經世事的少年」。

我們不再是孩子。

我們爭吵，卻忘了和好。

我們性愛，卻容易丟失擁抱。

我們不再理解彼此。

有個學妹曾在海灘舉辦「免費擁抱」的活動，但海灘上的人們都很快樂。快樂的人們需要擁抱嗎？我想應該推薦她去咖啡店，把擁抱給那些自己坐在角落的人們。

但其實也許不是。

要得到一個深深、充滿理解的擁抱，得先去愛人。

像個孩子一樣地，愛人。

你是魚

搭車之前，到熟識的店裡坐著。情人節的日子，許多人陸續前來買巧克力，要在今天表達自己的心意。

店內老窗戶做成的書架上，當期雜誌的主題故事卻是——「傷心歌單」。我是看心情聽歌的人。看了看自己最近的播放清單，只有十幾首循環著，郭頂、《一個巨星的誕生》的原聲帶、還有茄子蛋。沒了。其他都是特別想聽時才去找的，像是蘇打綠的〈無眠〉。

〈無眠〉很有趣，同樣的旋律有著兩套歌詞，更特別的是一首是台語，一首是國語。

歌詞乍看之下差異不大，但當我最後能進入歌裡時，確信了那是兩種狀態。儘管我的理解，和創作者的本意不一定接近，但在我心裡，〈無眠〉是兩首歌。

年少時，喜歡台語多一點，那有一種我天生模仿不來的「氣口」，以及副歌那句「底你的心肝內／是不是還有我的存在」，比國語版本更聲嘶力竭些，充滿淒涼的哀怨。年輕時，總喜歡情緒直來直往，不喊痛不成活。

現在也會聽國語版本，總是在等那句「揮不去昨日甜美的細節／才讓今天又淪陷」。

那個「淪陷」拿來形容心情全面的失守，怎麼能用得如此精準。

許久前最不懂的是台語版本那句「親像魚死底花園」。兩個版本都有魚跟花園，但讓我確認了兩個狀態的差異也在這。

一個是，我死了，但我還是會等你。

一個是，我會這樣等下去，儘管我知道會死。

在景色不斷流逝的列車上，我望著窗外的海。

有一句話隱隱傳來。

「你是這樣的魚，花園不需要你。」

有菸抽的日子

我幾乎不抽菸，卻有著一些抽菸的日子。

我不喜歡菸味，但覺得殘留在指尖上的氣味迷人。

大四時，室友峰哥偶爾會推開落地窗走去陽台，原本以為他是去講電話，後來發現他是在抽菸時有點訝異，畢竟他原本也是個不抽菸的人。叫一個已經開始抽菸的人不抽菸是不可能的，所以我沒多問什麼，只是在那短短的幾分鐘裡和他站在陽台聊天，看他在冷冷的夜裡點起星火，吸吐之間白色煙霧緩緩升起，然後慢慢消散在黑夜裡。

後來心情很不好時，嘗試和峰哥討一支來點，叼在嘴裡，隨意吸吐。煙霧裡的時光很有趣，反正都只能在那裡好好地將一支菸燒盡，於是抽菸的人會聊天，什麼都聊。好像再糾結的情緒，就能被短暫地排解掉。而再長的故事，也會在無數次這樣的聚會裡漸漸被拼湊完整，我的、峰哥的。

大學即將畢業時，和峰哥跑去南濱看海，那時的南濱不是現在的南濱，旁邊還有攤販，午後走過尚未開業也沒人潮的夜市攤位，就會直抵海邊。

和峰哥在大石頭上或站或躺，看著海浪翻攪，一時無語，又點起菸，彷彿像在燃燒最後的大學時光，一切都要告別似的。如同〈沒有菸抽的日子〉歌詞裡那句「去抽那永遠無法再來的一縷雨絲」。

畢業多年，我和峰哥始終沒有再去海邊點上一支菸。

但每次想起，腦海的畫面依然鮮明。耳邊的浪潮聲、風中菸頭的火光，那時心底愛的人與對未來的彷徨。

當兵時，發現抽菸的人比想像中多了好多，每次休息時，吸菸區的人一起抽起菸，甚為壯觀，飄散的煙霧像是身處廟宇似的。剛入伍可能大家都不適應吧，只有在那短暫抽菸的時刻裡，自己還能是自己，並沒有被剝奪掉什麼，好像世界還是沒變。

但下部隊回到花蓮後，我就沒再抽菸了。之後就只剩零散的和朋友在路旁聊天時討來隨意的。

再後來就是在加拿大，即將離開溫哥華時，我在麥克家的陽台，和他們抽了幾支。在那樣的時間裡，和他們聊天，眼睛也不斷地在記憶溫哥華市區，也許是知道這輩子不知何時才會回到這個曾每天生活，那麼熟悉、卻又要分離的城市。

旅行到多倫多時也是，雪停沒多久，路邊的積雪也尚未消融，氣溫在零度左右，冷得要命。吃飽飯，大家都跑去路邊抽菸了，我也和他們一起。我們都是來加拿大工作的同梯，飛越了數千公里，選擇了不同城市，卻能在這樣的時刻裡，聚在一起，看著平日不常看到的雪覆蓋陌生的城市。

因為真的不太抽菸，所以某些抽菸的片段反而特別清晰，像是從長長的記憶線中被特別標記出來。

從來沒習慣抽菸。抽菸對我來說，比較接近一種很深度的呼吸。像是把一些不好的東西吸進去，然後去換出一些不好的東西。

所以，與其說是想抽菸了，我想我需要的只是，好好換一口氣。然後，去面對，該面對的。

都已離去

當大家都在哀悼一個城市集體記憶中的書店逝去時，我感到無話可說。除了在那邊遇見前女友和她男友這樣的小事之外，並沒有什麼特別的回憶。偶爾只是坐捷運過去，繞一圈隨意翻翻書本，無心時便看不進任何東西。反倒想起了二十一歲那年，一場狂熱式的集體膜拜。我從花蓮坐火車到台北，跟著人群排了長長的隊伍。

那時還沒有普悠瑪之類的高速火車，沒有智慧型手機，漫長無趣的三小時車程，再加上整個下午罰站式的等待，總共用了八、九個小時在等待一個黑色的金屬嗓音。

同學傳訊息炫耀自己在隊伍的最前面，她哥哥一行人前幾個晚上就已經在場外擺好桌子占位，輪流打了幾天的麻將。

自己可曾為了什麼事情那麼執著嗎？

我第一次聽他們的專輯是《天空之城——美特拉》，別人借我的。封面上有一個人戴著防毒面具，手拿噴漆罐。

聽了好幾天，饒舌一直練不起來，副歌唱不上去。於是我只能回去唱我的周杰倫。

其實根本不用排隊的，搖滾區沒有劃位，我排在隊伍的中段，進去的時候依然在搖滾區的最後面。

既然如此，我只好享受著空曠的草地，再隔一段距離，才是被鐵柵欄擋住的B區。

他們遲到了，唱了一個半小時就走了。我喝著啤酒，跟著吼到沒有聲音。

我一直望著台上那個身影，啊，你真的降臨在這座島了。我人生的第一場演唱會。

多年後，你自殺了。

那天的報紙我至今仍收在床頭櫃的抽屜裡。

就只是突然想問你，是什麼讓你決定告別的？是像跨過去一個東西那樣，還是就只是像推開一道門。

跟你說，我在看電影的時候，一直不能理解 Jackson Maine 為什麼一定要在車庫裡自殺。但後來像是突然知覺到似的，是不是因為死在沒人知道的地方，實在太寂寞了？

為什麼想起 Chester，卻要聽張懸的歌呢？

她說：「你眷戀的，都已離去。」

而我們終將發現自己一無所有。

祕密是懷中難以放開的易碎

傷害一個人的最高級，不就是讓一個人這一生都面對屈辱與悔恨嗎？

抱著祕密的人都活得戰戰兢兢，因為不知道放開手會發生什麼事。
網路成為世界之後最可怕的是，所有赤裸的惡意，都被直送眼前。

每個人都有窮極一生想藏起來的東西。
想忘卻的、想拋棄的。
但所有雪地裡的足跡都太明顯了。
成了獵人槍口下的兔。

那些曾做過的錯的選擇，都成了伏在血裡的痛苦之河。

你沉浮其中，才稀釋了親近之人過錯所造成的傷害。

人皆因痛苦而互相理解。

但有些人不那麼好，開槍是樂趣，他們喜歡你流血。

就當我矯情吧，我聽〈Crawling〉的 One More Light Live 版本會聽到一直掉眼淚。

和原版像不同的歌了，那嗓音的情緒，是不是在說我們最終都會靜柔地面對痛苦，因為我們試過憤怒了。

只是有些人放開了以後，便什麼都碎了。

請推薦我一瓶威士忌

威士忌是大人的酒。我曾聽別人這樣說。

第一次喝威士忌是十七歲的父親節，我去專門賣酒的商行，請老闆推薦。父親收到禮物時沒說話，只默默拿了兩個杯子，各倒了半杯，我一喝便被嗆辣到動彈不得，像未經世事的孩子體驗了成長的瞬間，不禁在心底對著老闆喊叫：「說好的順口呢！」

年少時我們總在想像與練習大人的模樣，以為長大後凡事可以理直氣壯、從容不迫，卻在解開限制的自由裡，感受了世界的重量。

是什麼讓曾經覺得酒很難喝的我們，走進了酒吧點上一杯波本。

又是什麼讓總嚷嚷希望別人理解的我們，最後在吧台前沉默。

人生永遠會為幾件事而傷神吧，家庭、工作，和感情。我最大的毛病就是，以為不斷去想，就會鑽破牛角尖，找到一些出口。我總會在難過時坐進夜裡，替自己倒上半杯威士忌。沒有專屬的冰球，只能丟進幾顆冰塊。我喜歡冰塊在杯裡裂解的聲響，像一片深色壓抑裡無數微小的爆破。五味雜陳，常被用來形容人生的感受。口中能嘗到的酸甜苦辣鹹在人生的路上一一體驗。後來科學家發現，原來辣不是味覺，而是一種痛覺。難怪烈酒入喉時總感覺辣。

在喝空無數支酒瓶後，我遇見了Y。

和Y第一次過的聖誕夜，是參加品酒會，聽品酒師講解威士忌的風味描述，鼻端與舌尖同時放大感受，而當我在細細分辨不同款酒的微妙差異時，Y已經放下酒杯在DJ的唱盤前隨著音樂搖擺，像隻微醺且快樂的雀鳥，邊跳邊對我眨眨眼。

我們喜歡的東西一直都不太一樣，但我們願意陪著對方做喜歡的事，有時會得到新鮮事物的樂趣，有時仍會在差異裡感受到失落，而人總會有時候，不願意再勉強自己。

決定分開後，我們通完最後一次電話，就從此不再聯絡。

在電話裡她問我還記不記得一起參加的威士忌酒會？我說怎麼會忘。

她說有件事無論如何都想跟我說，她前幾日一起合作的對象就是那場酒會的攝影師，對方找到了那天被照片留下的我們，那是我們一起在桌子前聽著威士忌解說，還有她當時顯眼的綠頭髮。

她想把照片傳給我，於是那張照片成為失去聯絡前的最後畫面。

就在當日晚上，我在速食店遇見了那日的品酒師。我覺得人生一切都像是楚門的世界。我上前確認，將照片給品酒師看，詢問對方這是你嗎？

他訝異地說是，我說很巧，然後把今天的事告訴他。

我說：「我跟她分開了。請幫失去戀情的人推薦一款威士忌吧。」

祝福

太多的欲言又止，於是沉默。

儘管如山海般地思考，有時仍像被裝進瓶裡漂流。

睡不好與早起並不衝突，但在計算熱量的日子裡，四點起床就需要吃兩次早餐。

不知道如何選擇的路，就踏上去走走。暗路有燈，便不再是害怕淤泥的人。

收好的回憶再攤開，也是繼續收好。

祝分別的人幸福。

Goodbye & Hello

我是個會在同一陣子，一直反覆聽著某些歌的人。

那些歌都會成為記憶的背景音樂，一響起就會想起一些事。

在電視台工作時，常往返各地。搭車時總放著蔡健雅的歌，讓《Goodbye & Hello》這張專輯不斷重複播放。〈如果你愛我〉的副歌一出來，蔡健雅略沙啞的嗓音一字一句都像是在心底刮著，讓人感到痛。

說來慚愧，第一次聽到這張專輯，已經是發行後第三年。我是個很少能把整張專輯聽完的人，但這張卻總讓我從第一首就順順聽到最後。

在聽到〈越來越不懂〉時，歌詞寫著：「然而在我三十二歲時／發現我沒太多的興趣等待／它失去某種色彩」、「得不到的就更加愛／太容易來的就不理睬」、「以為遇上了就會明白／但每次他只留下驚鴻一瞥的感慨／我越來越不懂愛」。不禁震驚，儘管是在我們眼裡如此迷人的歌手，三十二歲時依然在愛情裡感到挫敗。

那時我二十四歲，離三十二歲還有點遠。卻也不禁想著，如果自己再經過八年，到了那個年紀也是如此，不是很悲傷嗎？八年耶，給你八年的時間你也沒能遇見一個對的誰。

那時的你已經知道失去是何種痛覺，所以或許害怕的不是沒能遇見，而是如果真是如此，這樣的八年你還要在喜悅與痛之間擺盪幾次？而最悲傷的是，痛無法集點，痛再多，終究也沒能換到一個好的結果。

我想，我那時不懂愛，現在也還是不懂，或許也越來越不懂。

這些年，仍舊在開心與痛之間循環著。

如果真如〈達爾文〉說的，愛情也談適者生存，那麼，自己有沒有進化成更好的人？

很奇妙，我總是低潮時放這張專輯，平靜時卻很少聽。

在自溺的時候，還是要聽中文歌，我的中文比英文好很多，厲害的作詞者總能帶我到某個情境裡，聽歌像是在聽一種情緒、一個故事、一場電影。

我也希望成為那樣的人，試著寫下生命裡的詩、故事情節與歌詞。

有一段時間，台灣掀起了討厭芭樂歌的浪，覺得市場氾濫著過多的情歌。

我曾和一個主唱聊過，他從不寫關於愛情的歌。

我知道，愛情會有背叛，人並不時時忠誠，我們有時充滿欲望退化成獸，愛是性、愛是占有、愛帶來恨。我們並不偉大，自私極了，最愛的其實都是自己。

但愛情之所以千百年來不斷地被寫著，不就是因為愛從來不是單一面向就能說明得清嗎？愛很複雜，有些人終其一生用不同的角色試圖理解，但愛也可以很單純，不過就是每個人的經歷與體悟不同罷了。

我曾仰慕一個姊姊。

她有著利落短髮，她抽菸，她身上刺著自己畫的圖案。

她大量閱讀大量看電影，她騎偉士牌，她聽英搖，她從事設計工作。

她只是照她喜歡的樣子生長，卻開出一種迷人的樣子。

她曾問：「你最喜歡的一張專輯？」

我雖然常聽歌，卻沒有特定的偏好，面對她，我竟不敢跟她說我愛聽情歌。後來我跟她說了幾首我喜歡的歌（當然有一些英搖），然後用一些很皮毛的膚淺角度去說明自己的感覺。

越想證明自己好像有懂些什麼，根本才顯現出拙劣。

如果能再回答一次，我會跟她說蔡健雅的《Goodbye & Hello》。

我在很後來的後來才發現，原來這題從不是一個證明題。

很多事都是這樣的，不需要過多分析與舉例，去說服自己、說服別人你是怎麼選擇的。

關於你寫下的字。

關於你要做的事。

關於你愛的人。

「因為我是真心喜歡。」

我覺得，這就是最重要的答案了。

下輩子更加決定

第一次在臉書使用限時動態，我貼了葉青的一首詩〈清醒〉。

「不喝酒的時候
感覺自己像一顆冰箱裡的雞蛋
醉了才是個人」

出乎意料地收到各方捎來訊息，大抵都是問同一件事情：

「為什麼是雞蛋？」

我還真沒想過為什麼是雞蛋，就不能有點想像力嗎？想像自己是個雞蛋被冰在冰箱裡，多冷呀多無趣呀多動彈不得呀。

醉了就他媽的是個人了不是？

至少我是。

我有很多我愛你，都是醉了才說的。

我是個彆扭至極的人。

但還是有些匪夷所思的對話：

「冰箱裡我最愛雞蛋了。」

『是喔，我最愛蔥。』

「蔥不太可以。」

『為什麼？』

「因為臭臭的。」

『明明綠綠的，很療癒。』

「帽子綠綠的，很療癒嗎？」

『那要看是你戴還是給人戴。』

哎呀，蔥多好啊，煎蛋滿滿蔥花、味噌湯撒滿蔥花、什麼菜都撒點蔥花，蔥白段還可以爆香。雖說不上什麼保護眼睛鞏固牙齒的，但蔥綠綠的，多療癒。

我沒事就在翻葉青的詩集，感覺像跟著她抽菸喝酒喝咖啡心情不好。聽起來跟我平常在做的事差不多。但她就是帶著一種瀟灑脫的帥勁。

無緣見上一面。

不知道妳下輩子要更加決定什麼。

但總是能感到雨水直接打進眼睛。

就像傾盆大雨中安全帽沒有鏡片一樣狼狽。

人生嘛，總是有幾場大雨的。

我答應妳，我不會讓自己是冰箱裡的雞蛋。

要嘛，也要是蔥。

煙霧只是紀念

有些離開的人，不會再見了。
有些離開的人，再相逢也是不同面貌。
說不出口的，要說再見的。
就點上一支菸告別。

想抽菸的時候是這樣的，通常找不到半根菸。
又不想為了一時的衝動去買一包。前段時日整理舊住處時，發現好幾包遺落在箱子裡只抽了兩三根的菸盒，先不論受潮與否，你會把放了好幾年的東西放入口中嗎？儘管多年後的自己仍會為某種無以名狀的情緒悲哀，儘管依然過著無用的日子。

小時候嘴饞，就騎著三輪車去巷口雜貨店買洋芋片。爺爺會喊住我，給我一張藍色的五十元鈔票，叫我順便帶兩包長壽菸，有時是黃長，有時是白長，一包二十五元，爺爺總是很省，連跑腿費都沒給我一點。

爺爺寡言，常在昏黃的傍晚點菸。被歲月削瘦的臉上，總透著許多我還不理解的關於人世的種種情緒。

那些無法好好排解的，都化成了煙消散在空中。

不知道是不是長壽菸的緣故，爺爺活到了九十歲。我沒能見到他最後一面。他在泰國過世的那天，我在台灣的便利商店買了一包黃長壽，我只能用這種方式遠遠弔念。

一直都不是抽菸的人，竟將抽菸變成了一種，屬於自己告別的小小儀式。

找不到。

長桌上、放發票的竹簍裡、廁所與臥房，都沒有父親遺漏的菸，明明是個那麼會亂放東西的人啊。可見每個人都有重要的東西，重要的，就不會忘。

是這樣嗎？

那為何重要的我常常忘了，事過境遷那樣地忘了，滄海桑田那樣地忘了，喜新厭舊那樣地忘了。

通常想起來的時候，也只值一根菸的時間。

只剩難受像發黑致癌物般沾黏肺腑。早跟健全無關的人。

Y在那年秋天決定離開我的世界，其實應該說我們的世界，沒有一種離開會只是單向的，她曾將住處一點一滴用心布置，最後親手按下全部還原，回到她不曾來過的樣子。只剩記憶裡的身影，反覆上演相戀情節。我不全然怨懟，如果一段關係終究會結束，她不過是先推開房門的人。

只是我不喜歡那些沒有深思熟慮就脫口而出的堅定話語，他們在後來毀棄的時候都只有淺薄的歉意，而聽的人總是重重地凝視那眼那唇，一不小心就會被一句話壓住五百年。

找不著菸，只在冰箱找到幾瓶酒，父親那天提了一手啤酒回來，說：「你一個人住會不會寂寞？需不需要我搬回來？」

我是覺得不用，但下次，請假裝掉了幾支菸。
菸盒是浦島太郎的，我們都去過自己的龍宮。
煙霧瀰漫後，蒼老只是難免的。

蓋過的日子

「有人長年等待／也等不到同一朵花開／自己蓋日子／再自己拆」
——瀌瀌〈孤城〉

和你相遇在四月，到了蟬聲轟鳴的夏日時，我們已約過幾次晚餐，看了幾場電影，談論著文學與藝術，也說了很多笑話。是一段如薄翼般輕透的日子，天光曖昧，一切尚未負重前行。

有些人的感情是像美好畫卷的地圖在眼前展開，有些人則聯手圍起了寂寞的城牆。難受的，也許我們是後者。

十八個月的風風雨雨，一起乘著小舟搖搖蕩蕩，還未看見彼岸便迷航。

寂寞，到底是怎麼樣的狀態呢。跟孤獨一不一樣？

在所愛之人身邊寂寞，會是寂寞的最高級嗎？

在決定分手的那個夜晚，我們散步在小路上，說說藏在心底許久的話，路燈將影子拉得很長，兩個影子靠得很近，彷彿沒有要分開的樣子。我們都很懷念那段在一起前的時光。擁有過就好了，是嗎？相片裡的笑容停格，也會將快樂永遠地鎖在那刻嗎？那麼，鑰匙被收到哪去了呢。

少了一個人之後，空蕩的房間像散著許多回憶的引力奇點，整個空間就往它們塌陷，不停地不停地陷壓。留下的衣服和書、牆上的照片、一起旅行購買的紀念品、寫給我的生日卡片，都是感情死去後的蒼白遺物。

整個日夜將我揉皺，日子就在攤平又皺掉的反覆裡度過，掛著一張崎嶇的臉。

午後讀《蒙馬特遺書》，聽著 Damien Rice 唱〈Elephant〉，那句 lonely 太寂寞了，像是一個人孤獨在森林裡走著，回憶從四面八方湧上那樣地無處可逃。

Elephant in the room.

視而不見，在感情裡，我們又有誰能不是盲者。

我們被擠壓在狹窄的角落，背對著背，手比著自己的語言，卻渴望著需求被對方看見。

曾用力掙扎、奮力呼救，直至一切冷卻。

還能擁抱彼此的方法，竟是一起離開。

只是我們都知道，有一部分的自己會永遠留在那裡，留在那曾經一起，蓋過的日子。

終於可以

今天把女孩送去新的地方了。

陪她收拾，也在清理自己。

曾一起買的，還是得歸屬，曾以為還有很長的日子而買的書，終究也無法一起看了。

「你留著吧。」

讓我想起那首詩，她的意思是，我不要了。

她只跟我要了兩件東西，其中一個是她送我的筆記本，裡面有我去學校上課的筆記，還有我平常寫的零散詩句。

我給不了她想要的戀愛感，她最後要的竟是我的那些日常。

我從給不了她想要的，而這次終於可以了。

焦距

眼鏡斷了，即使用透氣膠帶暫時黏著，世界仍是傾斜了整天。

在不斷變動的焦距中感到頭暈目眩，難道忽遠忽近的灑脫，就是你要的自由？

好不容易回到家，開始翻箱倒櫃，想找多年前的眼鏡，拯救一下眼前的生活。結果擺正不了現在，又打翻了許多從前。真的是習慣不好，明明就看過很多人會在箱子上面記下裡面收納的物品。我就是偷懶。

我那幾個大大小小的紙箱、鞋盒，應該統統用黑色奇異筆畫上熟人勿近，回憶勿擾。

尊重，真是件重要的事。尤其要尊重那個活在過去的自己，也許他寧願回到一個人生活，那就不要打擾。

而往前走也是件重要的事，儘管有些東西仍看不清楚。

冬日午後想起

夏天買的詩集，到了冬季才看完。

想起這一生不過兩個人送過我玫瑰花，一束在垃圾桶裡，一束在桌上乾燥。

想起我曾天天種著蘭花，仍不甚了解；有些人認識多年，依然陌生。想起有人提過意識流，便想到阿流的詩集還沒買，書店的海報還沒取，作業還沒寫，夏宇走得好前面。

我害怕西裝筆挺，喜歡弦與木箱的共鳴。在冬日有光的下午四點到六點，有人點頭，有人逢魔，有人不想清醒，人生何來真實？

不熟悉的語言傳遞的是情感，有人的歌聲不需要大，依然會被聽見。

想起車上後座的年輕男孩女孩，環繞著比線香還曖昧的曖昧氣味，希望他們可以試圖一起走一段路，哪怕過了這個山頭就得分手。

願意

見識過別人展示的技藝，便深感自己的拙劣，譁眾取寵的小丑，拋玩紅球的手法，障眼一切自我匱乏。

想把自己切成一片又一片的無數剖面，拼貼成森山大道，讓你一眼就可以看到我，所有黑色的噪點。

把雙手負在身後交換再交換，再故作坦然地伸出雙臂在你面前。

「猜猜鑰匙在哪一邊。」

如果你願意點向我緊攥的拳頭，我就願意為你打開一切。

輯二

回到成長的案發現場

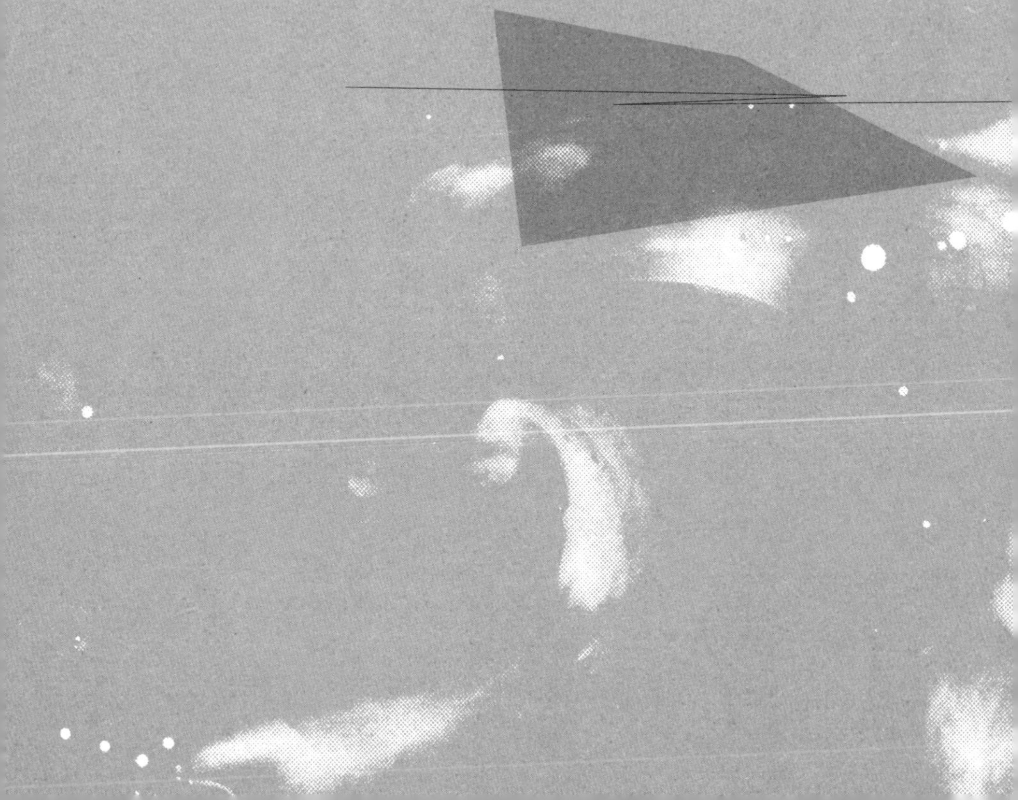

我想像過你的樣子
以光的形式包圍
在暗裡成形

謊

對於謊，我一直在思考的部分是，是什麼狀況壓迫到自我必須為了存活而不得不說出謊言？

還有另一層是，我們窮極一生，想藏起來的東西是什麼。

一月七日

今天是一個很多人許下終身諾言的日子，熱得像是夏天。

今天決定開始寫下三十一歲的日子，雖然還沒抵達生日，但二〇一七減去一九八六，怎麼樣都確確實實地跨越了三十的門檻，扎扎實實地進位了。曾和朋友笑談，我們被三十這數字制約得很嚴重。而立很遠，總感一事無成，什麼都立得搖搖欲墜，我想對於人生的困惑大概是永無止境吧。

儘管我們可以把人生階段大部分解，孩童、學生、出社會、結婚、成為父母、成為祖父母，就算我們知曉所有的生老病死劇情，只要自己還沒歷經過，我們就會是新的，永遠都將會有新的經驗與體悟。

在踏上每一階段的開端，我們都是笨拙的初學者，必然會有疑惑，而面對人生、面對整個世界，我們又何能已有足夠的智慧去面對所有的困難？希望自己可以不用勉強裝出已是成熟的個體，可以大方地承認不足，保持謙遜，保持赤心。天啊，多難，天知道我們已經社會化得多麼嚴重。

過了這個歲數門檻，大家的差異越發明顯，有伴有子的話題全圍繞在孩子身上，獨身的也漸漸分成兩派，玩得更瘋的，擔憂自己的。

但人都一樣的，總會去看自己沒有的。獨身的羨慕有家庭的完整，成家的羨慕單身的自由。而處於人生階段漸漸掉隊的自己，也常常陷入矛盾，想自由，又想完整，然後一低頭，發現自己什麼都沒有。

不可避免的，一思索到未來，仍是慌恐。彷彿一道疾風就這樣壓迫至面前，你想看著前方，就不能閉上眼，但睜開眼會痠，會流淚。

曾和漉漉聊天時談到這些，她說：「是不是我們總以為自己在什麼年紀時就會是在某種理想的狀態裡，但其實不然。」

是的，而且彷彿越來越遠，我們千里迢迢地走來，站在這個定點，傷痕累累地發覺其中的差距，然後在難過之餘還要試圖好好的、勉強的，要自己理解，再用多少輾轉難眠的夜晚反芻消化。

有些人的路越走越寬敞，有些人的前方卻道路縮減。

眼前只有一條獨木橋，我張開雙手平衡著，走得搖搖晃晃。

三十一歲的人生，沒有想像中那麼從容，也不那麼豁達。

但還能走就好，還願意走就好。

所謂日常

一個雲封鎖住天空的日子
我打算開除自己的生活或建立
但也許是同一件事情

最近在想，會不會自己是個不太懂得日常生活的人？

嗯，鐵定是。

回想過往，生活不太穩定，很多事情才剛趨近於規律就要離開，在轉換與轉換之間，常常覺得不太踏實。

我一直在試圖創造一種未來該呈現的狀態，在此之前用各種方式朝著它混亂爬行，卻往往對當下隨性，好像沒有真切在意過所謂的日常生活，這種平凡趨於無聊卻往往是穩定住人的一個名詞，日常生活。

讀了陳綺貞關於日常的散文，才恍然有感自己的隨便。

也許日常生活就該好好地審視一天，從日出至日落，黑夜降臨。這樣的一天有沒有你特別喜歡的時段，有沒有你不喜歡的時段。

我以前對於生活中的不喜歡常感到煩躁，一躁起來就想花力氣去消滅，想著要把所有的不喜歡統統變成舒適的，但這太難了，一味的強求美好反而更讓心中永無安寧。

喜歡的時間就該享受它，不喜歡的去度過它。

所謂的日常生活，該是這般沉穩的。

像一個往海中不斷拋擲釣竿的人。

無聊的等待，卻有所期待。

自轉的這些日子

每次說「想休息一下」，其實就是幾乎不去瀏覽社群網站的動態。不參與其中，不想讓過多的資訊量干擾思緒。

除了臉書粉絲專頁偶爾更新，個人的社群軟體幾乎停擺下來，完整地喪失現代社會的人際關係互動。

不過生活也不像啟示影片中演的那樣，放下了手機，找回真實的互動，感到特別的快樂。

但世界的確像是突然沉靜了下來，斷掉某種龐大的虛擬社會關聯。其實這種人際關係也不能說是虛擬社會，只能說我們之間使用了網路的社群網站來相處，來維繫彼此的關係。其實也不好判斷，一個人如果不用社群網站，他跟他需要的人際關係的連結度是否降低，所以也只能說是一種個人的選擇。

你像一顆自己決定離開星系運行軌道的星球。
剩下自轉，暫時不公轉。
沒有了來自別的星球的訊號。得承認，有些夜裡還是感到孤寂的。
翻找著訊息欄的名字，卻始終沒有敲下什麼。
像多年前，一些翻找著手機電話簿卻不知道能打給誰的日子一樣。
有點想笑，時代真的進步了呢。
以前電話簿只有名字，現在的名字旁邊都有照片。
大家好像都老了些。

但無奈的感覺卻還是一樣。
情緒依然是留給自己與漫長的夜反芻。
如果我們每個人的出生就像是一場大霹靂，那些你經歷過的成長階段，一個個曾屬於的星系，在人生旅程中，終將漸漸遠離了。
曾經很緊密地生活，也終剩獨自的運轉，然後再加入或建立下一個星系。

你知道不是不聯絡了，不是不能說說話了，是他們都有比分擔自己情緒更重要的事。有人還在加班、有人在努力撐起自己的事業、有人的孩子在哭鬧。你希望他們都好，所以不打擾。

無論如何，好好地運轉著，就是好好。

大概有很長一段時間沒見到除了同事外的朋友了，人生歷程上曾經相濡以沫的那些。

直到昨日。

人怎麼可能不變呢。

其實也不過幾年沒見，我們都和記憶裡的不太相同了。笑談著社群網站的變化，從學生生涯的尾聲，到出社會，走入婚姻，成為父母，大家都用這個平台相處著，像是擁有一架望遠鏡，站在自己的星球觀察著對方的生活。

我說，我最近幾乎很少在用。

她說，偶爾還是更新一下吧，我都是看這個才知道你最近在幹麼。

我看著她，是啊，我知道有孩子也有工作的媽，生活該有多忙碌，而那空閒下來的時間，如果還想知道一個平常生活圈以外的朋友的生活，那是關心，一種遠遠的，屬於老朋友的關心。

以前讀商科時，常被灌輸人脈的重要性。我不喜歡人脈這名詞，總有種利用的氣味在。

對我來說，成功學是假的，快樂的強調也都是假的。

想要什麼，需要什麼，才是真的。想過怎麼樣的生活，才是真切的。真切，就會心靜。心靜了，大概就比較能好好過日子了。

確認

很多很多時候
已經讓朋友陪到不好意思了
熱鬧過後又會害怕孤單

空虛是深淵
你會凝視著
彷彿再深的擁抱也填補不了

永遠都匆忙地趕著搭上列車
確認了自己
空無一人

三十

大家那麼遙遠地一路走來，從成年雀躍的那一刻到三十歲想回返青春的年紀，總會開始有意識無意識地探討自己的成績單。

有人用幸福的眼神望著自己的狀態，有人深感自己一事無成。

會不會追根究柢，仍是個性、與延伸出知足的問題？

知足比較容易快樂，太輕易滿足則容易安逸懈怠。仍是一體兩面。角度，總讓看到的事情折射出不同的面向。

我們曾是少年，坐在電影院裡看《少林足球》，將自己投射在大力金剛腿身上，喚醒迷茫的師兄弟，踢爆作弊的壞分子，以為人生是由熱血與帥勁構成。

變老了才殘忍發現，原來不是每個人都能是電影裡的男主角，我們只是——被人指著鼻子罵的端盤服務生、上班時經手千萬金流下班後吃著陽春麵的上班族、日復一日像在重複洗碗的作業員、等待「別人看見我」的成名機會卻又怕其實自己沒實力的懷才不遇者，與陳列貨物的超商店員。

很遺憾的，我們在沒有成為英雄後，才在其他的角色裡看見自己。

這些年來，不知道是經歷的、看到的、聽到的事情多上許多造成了影響，還是僅僅因為年紀到了，總覺得曾感受到的魔法消失了。三十以前，總會想要去做什麼、達成什麼，雖然有些事做到了，有些依舊無能為力。但我沒有想過三十一到，心中像是有道推力，就這樣把我推到了另一個象限，關進電梯裡，叮，上樓。接著一切都像在不同的樓層看著彷彿和以前一樣的景色，慘的是你擁有的僅僅是上樓的門票，卻好像什麼都沒帶到，兩手空空，心裡彷徨。

三十，能做到什麼都太像是理所當然了。

趣味消失了，壓力來了，人生該背負的重量突然在雙肩下陷，要思考好多的事情，要做很多的決定，容錯率驟降，卻偏偏每個選擇都巨大到如同定調接下來的人生路線。

怎麼走，都像猜火車。
能鼓勵自己的彷彿只剩下——享受吧這樣的兵荒馬亂。

你現在快樂嗎？

在詩集分享會開始前，朋友送了小禮物給我，是一枝筆，上面寫著：「你現在快樂嗎？」

一直在準備分享會問題的我，竟然瞬間產生了想回答這問題的反應，但又覺得這問題太大了，不知道該從何種面向來說。

很莫名吧？

明明就只是個感覺的問題，只要回答「是，我很快樂」或「不，我現在不快樂」就結束了。

偏偏自己沉默了。

什麼時候我變成了一個無法直覺回答問題的人呢？

其實這也是我父親偶爾會問我的問題，他總是會在某些時刻，看著我，問說：「你快樂嗎？」

我沒有一次能回答出來。

分享會其實沒有一個大主題，大多是參加者提出問題，我分享自身經驗。其中一個是——「為什麼寫詩？」

我覺得這問題太大了，所以與其說是為什麼寫詩，不如說為什麼想寫東西？在怎樣的狀態下會寫些東西？

這點可能很多人也是這樣，就是「有些話不知道要跟誰說的時候」。

我想我們每個人都是一個個體，只是我們有家人、同學、朋友、同事，有愛人。這種群體關係，是一種連結、一種歸屬感、一種屬於。我們不是一個人，我們是「我們」。

有些人可以在這樣的關係裡感到滿足，並活得自在。但有些人不行。有些人即使在很多關係連結的狀態裡，依然可以強烈感受自己是「一個人」。很久以前就有人賦予這樣的感受一個名詞，叫「孤獨」。

所以沈意卿說：「我們不是孤獨的話，那麼我們他媽的還能是什麼呢。」

有人能在孤獨的狀態裡活得很好。但我或許不行，很多時候這種感覺都在吞噬我。如果把這種感覺再深究一點，它不只是表面狀態上一個人這樣而已，而是處於一種內心的無法理解。

是的，無法理解。

無法理解有兩種層次，一種是別人無法理解你。還有一種是，你渴望對方理解你，對方依然無法。

對我來說，前者無傷大雅，後者會痛。

所以得寫些什麼。一旦失去特定對象的訴說，就成了站在岸邊向大海喊叫的人，你知道自己在聲嘶力竭，卻不知道誰會聽見。

寫字的狀態是逢魔的，已經處在某種情緒失控的邊緣，一種相當自我程度的探討與折磨，你有太多的疑問得不到解答。

在現實生活中，要遇見能理解你的人是相當難的，也很難得。但在文字裡是容易一些的。所以我們閱讀，所以我們寫些什麼，像是一種對號入座。讀懂，被讀懂，也是一種理解的旅程。

寫字也是一種出口，在一片混沌的狀態裡試圖理清一些脈絡，是一種整理自己的狀態。

就算這一刻世界上沒有人能理解你，至少還有一個人能理解你，就是另一個你。

一個人把狀態寫出來，好好安放在那，你讀一遍兩遍無數遍，就互相理解了。寫作對我來說就是這樣的東西——撐住自己。

分享會後，有聽眾給我了一張紙，上面有一些給我的話。

她說，覺得我，孤獨卻又充滿了愛。

「孤獨卻又充滿了愛。」

謝謝妳，讓我覺得我好像處在一種美好的狀態裡。

如果真要回答那枝筆，我想，如果快樂不是我追求的理想狀態，那麼快樂與否對我來說，就不是那麼重要了。

走在這條路上

走在這條路上
不再輕信告示牌
不再輕易轉彎
卻相信有些夜晚
比白天容易辨識，方位和自己

走在這條路上
不再輕忽地向劃過的流星許諾
不再輕率地認為腳下是宇宙中心
但相信錯過的綠洲
會開滿鮮花，為此送上所有祝福

即可拍

生日前夕，J送我的禮物，是一台底片過期十四年的即可拍。

「有可能什麼都洗不出來喔。」他這樣恐嚇我。

儘管如此，我還是拆開包裝，決定開始拍些什麼，這一個月來看見一些特別的時刻，我都急忙拿出相機按下快門，總在喳一聲之後想著如果這一張沒成功會很失望吧。

夏天剛開始的時候，Z小姐來花蓮時就帶著一台即可拍，當時我想，天啊我有多久沒看到這玩意了。當我撥著過片的轉盤，從觀景窗看著她站在海岸，等待一陣浪湧後，我按下按鈕。無法即時從螢幕觀看成像，卻讓我開始期待這張照片洗出來的樣子，一種多麼美妙的不合時宜。

整個八月和去年一整年的生活又有了不小的變動。日子漂著，心思不定，仍不能準確地抓住些什麼，白駒過隙，我只是晒黑了些。

跟著劇組在海岸線到處移動，即可拍與我，守株待兔般地捕捉時光裡的一閃而逝。

許多人都在跟時間賽跑，我能力不足就急不得了，能創造出一些喜歡的東西，就有一些僥倖的歡喜。

當我看著底片洗出來的成果。果然有的曝光完全不足，有的白成一片。所幸還有幾張喜歡的。

我知道自己不太會過生活，也常常不知道日子是怎麼流逝的。留下一些足跡僅供參考也是好的吧。

海邊的浪不斷拍打著岸，總覺得自己也像一顆消波塊了，看似在努力抵抗些什麼，其實不過是剛好在那，也無法離開。

三十三的鐘

去年的夏天，每天都在排戲，那是我人生中第一次有機會當一個戲劇演員，上戲時人設是歇斯底里，平日是常駐焦慮，戲裡戲外，彷彿都是自己。

數個月來活在社區漫步劇場，舞台是整個溝仔尾街區，這裡也是我青少年時期成長的所在。在戲裡，與當地居民試圖演出溝仔尾的故事與興衰。我常常與回憶做連結，思索這齣戲。

對我來說，溝仔尾的玫瑰是終日綻放的，西服店永不打烊，埋葬的歡樂都在看不見的某個時空剖面隨音樂起舞，任憑物換星移，任憑事過境遷。

和童年是相似的。

小時候拜作文所賜，我也問過自己：「你的夢想是什麼？」

有好長一段時間我想當演員，演八點檔的那種，而且要當重要的配角，不是目光焦點卻有自己的戲分。這齣演完還有下齣，在角色裡穿梭，永遠有工作。

也許我喜歡的，只是在美好的經驗裡重複。我眷戀、我追緬，像一顆指針停在某刻的時鐘。

但還是有一部分的自己是一直在創造的吧？不然怎麼會有東西可以懷念呢。但如果遇上喜歡之事物，為何還是會繼續往前？可見很多美好終究會過去，而有些反覆會厭倦。

喜新厭舊，再懷念。矛盾嗎？我說不上來。

童年的夏天，不用去學校，待在家的午後，陽光會照進院子，我會拉出厚重的黃色塑膠水管，接上龍頭，開始幫爺爺澆花圃裡的花草、鐵窗上的蘭花盆，順便把自己弄得溼答答，像在玩水，多涼快。

花圃裡的土壤用小鐵耙翻一翻就會找到蚯蚓，發現洞時就要灌水，玩伴說可能會跑出蟋蟀。我曾在小百科上面看過土壤的剖面圖，洞下面連結的是地底迷宮，小叮噹也有演，大雄還會發現恐龍。

再後來，我再長大一點，花圃就不見了。

有一天家裡來了工人，花圃被鋪上水泥，成了一塊硬地，我曾經挖洞埋進去的玩具賽車，永遠都被埋在裡面了。最後那裡成了堆放雜物的地方。

像極了後來被加上蓋子的溝仔尾。

我們都在被時間推著往前，一點一點地轉變，而有時突然遭遇了轉彎，從此走上沒想過的路。我沒有長成童年時想像中的未來大人的樣子，但也經歷過了許多未曾規劃的事，懵懵懂懂，醒悟得很慢。

從前有過一段時間，臉書還沒誕生，ＬＩＮＥ不知道在哪裡，我們用棉被蓋著撥接器，以為爸媽沒被吵醒。

E-mail 剛取代信紙，在厄運連鎖信的攻擊中還是能在夾縫裡看到遠方好友真摯的問候，我國中轉學了三次才念完，還沒上大學就有各地的朋友。好友邱蚵國中時就是文青，悲秋傷春地在信裡跟我說：「人的本質就是變。」

後來證明了她十五歲時就看穿了人生。

今天早上醒過來的時候，意識像故障的燈誌般忽明忽滅，我問自己：「二十歲的生日你在哪裡？」

想了一會，想不起來。

但一轉眼，我要三十三了。

我沒有祈求生活變得更好，或是變得更壞。

我沒有願望好許，我的願望很久以前都給別人了。

我看著自己，對於自己成為了什麼，依然沒有答案。

我只是望著那些屬於自己的鐘想著，有些該讓它走，而有些就讓它永遠停留。

回到成長的案發現場

如果成長的路，在這個維度裡是沒有後退的前進，那麼，在某個喧嘩到聽不見指針擺動的時間裡，一條原來正常運作的血管如大霹靂的爆炸，便再也沒有什麼能從這裡通過了。

世界上有許多方式是能跳脫禁錮的，躍升至不同維度的模式，關於大腦的祕密。

你站在滿目瘡痍、亂石阻塞的幽暗隧道前，曾數度想過自己從那裡走出來，會是什麼樣子，你還是你嗎？現在的自己便不存在了嗎？

必須坐下來，再從更高的地方理清可能的脈絡，時間移動的軌跡，無數條平行時空之流，長曝成經過身體的光。你是被折成的紙船，流動由不得你，如果你不知道你終會抵達哪裡，在哪條血管裡，又有什麼差別呢。

你怎麼確定那後面一定有路呢？
於是有人站在案發現場，始終只是看著，不再清理。
他知道即使搬空了石頭，也不會再有人，從那裡走過來了。

二輪電影院

我很喜歡泡在二輪電影院裡面，並極其願意為那些漏網之魚耗費一整日天光。面對許多來不及觀看就從首輪下檔的片子海報，總有一種失而復得的心情。

剛在台北工作的日子，住在板橋，工作地點卻在內湖，下班後要馬上趕回到台藝大上課。在那樣緊迫的歲月裡，朋友帶我去了林園電影院，第一次進去時像踏入一座隱身於大樓中的樂園，不由自主就開心了起來。

手裡拿著放映時刻表，內心盤算著想看的電影該如何組合搭配，才能將場次串聯得天衣無縫，將一天的電影時光消耗得淋漓盡致。

從A廳趕到C廳，看完B廳衝到E廳。

在兩層樓之間穿梭來回，像兒時在遊樂設施之中趕路，期待地推開門，迎接一段快樂時光。

電影像是在黑暗裡發亮的箱型魔術。

二輪電影院能提供一場又一場平價卻華麗的表演。

坐在電影院的座椅上，黑漆漆的視野裡，腦海裡畫面與眼前疊合，總會想起許多觀影經驗。

小時候，還沒發展成城市的鄉下，在地下道上來的轉角，有一家叫金寶的二輪電影院，去不了新竹市區的院線電影院，我們常在金寶看電影。

金寶平時很少客滿過，它唯一發光發熱氣宇非凡一票難求的好時光，我們湊巧躬逢其盛，就是《鐵達尼號》終於輪到二輪放映的日子。

鄉民們連續塞爆了金寶好一段時光，那時李奧納多還是有著清瘦臉龐的金髮奶油屁孩，在許多畢業紀念的本子中，小女孩們都會寫下諸如此類的註釋——老公：李奧納多。

真應該在二十年後的現在，把她們一個一個抓來問，妳們真的可以為了搭上鐵達尼號，連生命都不要嗎？

儘管如此，我們還是前仆後繼地穿上那件「傑克從後面擁抱，蘿絲張開雙手站在船頭，彷彿自己在飛翔」的T恤，隨著船沉了一遍又一遍。

二輪電影院和院線電影院的氣息很不一樣。院線片的觀眾是一批換一批的。二輪片的觀眾是來來去去的，而有些人像是住在裡面似的，例如打瞌睡的老人、角落裡親暱的情侶、放空的業務和無聊的大媽。

我們國中時也曾在假日跟著他們一起住著。

不知什麼緣故，學校發的傳單截角，有金寶戲院的特價優惠，憑著截角，原本五十元的電影只要三十元。

通常週末都會泡在文化中心讀書的我、大J和猴子，這時也禁不起如此廉價的誘惑，不管什麼阿撒不魯的片子都去看了。

某個陽光炙熱的午後，記得那是一部相當沉悶、令人昏昏欲睡的戰爭片，猴子不斷吃著從附近雜貨超商買來的東西，還遞過來一包有著數片紅紅的奇怪零食，像是小學放學後等在後門的攤商阿伯會販賣的零嘴。通常這種廉價包裝與充滿色素的東西，我是拒絕吃的。

布幕上軍人們持續著冗長的對話，我的眼皮漸漸沉重。智商高達一五〇的大

J露出一副嫌棄又厭惡的表情，不耐煩地一直變換姿勢。突然，左手邊的猴子莫名其妙吐了出來，我心想還好沒吐在我身上，就乏力地睡著了。

等我醒來之後，猴子已經像陣亡一樣地橫趴在兩個座位上，大J側著頭睡著了。我睡眼惺忪地張望四周，原本就會睡著的阿伯睡著了，大媽也睡著了，整個戲院裡已經沒有一個清醒的生物，我們像是被螢幕裡的敵軍給全體殲滅。

後來我就轉學去遙遠的地方，那是我最後一次跟他們一起看二輪電影。從那之後，我也成了不斷被放逐的單兵。

那天，朋友問我有去過豪華大戲院嗎？

我說當然。

在豪華大戲院結束營業之前，那時還不知情的父親帶著向學校請假的我去看電影，從小父親就喜歡帶我去看〇〇七龐德把女郎。

那天下午的陽光熾烈，戲院裡悶熱異常，空調完全沒有開啟，只有一台工業電風扇在走道上嗡嗡作響。

當時，包括坐在風扇前看電影的我們，加上兩個阿伯，全部只有四個人在看。電風扇轉得比龐德的飛機引擎還大聲，像是跨時代領先的4D效果。

朋友說，看過豪華，你也算老花蓮人了。

我只覺得自己算個老人了。

如果青春是場光芒萬丈的首演，吸引眾人目光。那二輪電影就是光耀散去，卻仍讓人復返駐足的暮色。

突然地在意起來，自己能不能繼續活著，活得，像一座二輪電影院。

半夜沒有睡不著覺，也沒有把心情哼成歌，畢竟有些時代過去了，沒人在乎溫嵐是否還在露肚臍，年輕人都在追韓星。

夜深很安靜，除了台十一線上偶爾疾駛的救護車外，不太有什麼壓迫的慌亂感。時間雖然依舊是條流速過快的河，但坐在書桌前就像坐進駕駛艙，感到還能稍微掌握住什麼。

小說停在最後一個章節，一直沒能看完，有些冒險還不想結束，就彷彿還有遠遠的路。

我覺得自己總是聽明得很慢，刻意保持某些未知，就以為還有希望，忘了魔戒的遠征早就結束，哈利波特結婚多年，鳴人也當上火影，只有自己留在井裡，望著天空，跳不出去。

翻起密度極濃的散文，讀個幾句就陷入秋日火車式的搖晃回憶。有時會慶幸自己手上仍緊握著車票，我是這樣害怕的，害怕自己終有一天在記憶的場景往返之時，被「逼！」的一聲說：「餘額不足。」

新收養的貓被取名為陳三三，我沒問是不是因為前一隻收養的貓叫陳七七的關係，也許老人家們喜歡十全十美，或者他們只是懷念撿紅點。

三三還小，還不會跳高但已經會亂跑，於是白天時會放牠在舊式櫥櫃裡走來走去或睡覺，以免被來來往往的客人踩到。牠總是大聲喵叫，或用絨毛玩具般的手掌試圖推開櫃門，牠說：「讓我出去。」

我想到我也三三了，卻不再發出聲音。

低潮

如月亮與海，我的心情也是週期般地漲落，起伏明顯。

低潮時，像隻發懶的貓，只想成天躺著。

不過一旦低潮的時間過得太久，就越想去做些什麼事來擺脫困境，卻往往徒勞無功。

心裡的洞有時是很深的窟窿，吶喊也聽不到回音。儘管也有平靜似湖的時候，但週期性的暴風來臨，也洶湧如潮。

午後開車來到台東成功的海岸，在市集裡晃著，等待夜晚的音樂祭。

看著攤位中沉浸在敲擊天鼓的表演者、穿著圍裙氣定神閒專注手沖咖啡的年輕男孩、筆觸細膩畫著景物的女孩，他們就像一顆顆漂浮在空中的彩色氣球。

回身看著自己，年紀長了不就這樣嗎？快樂變少、夢想緊縮、責任變重，年輕時曾向未來借的高利貸，也一一用疼痛償還。

坐在海邊的人工建築物裡，抬頭看見寶特瓶的燈與帆布的海豚，不禁悲從中來，就好像、好像快要碰觸不到一點真實了。

跨時代

在等一封重要的信，等到覺得天荒地老時乾脆翻看起以前的舊信。這個電子信箱是高二時學姊叫我申請的，她說：「是高中生了，不要再給我用雅虎。」

信箱裡面滿滿黑歷史，有大一追外系女生的信，大二和女朋友的情書，像參觀某種文物館似的，讀起來相當有趣，信裡的語氣好傻好天真。

一種憶當年的老人心被燃起，我決定用執著突破無限次的忘記密碼，總算開啟了雅虎信箱。裡面躺著最老的信來自西元二〇〇〇年，那年我國二，網路剛剛普及，還需要半夜拿棉被蓋住撥接器的聲音，開始出現網路聖誕賀卡，但還收得到親手寫的聖誕卡片。等到了高中，E-mail 的便利終於取代了手寫，那時還沒有手機通訊聊天軟體，我們總是用 E-mail 一封一封互寄，甜甜戀愛的、生氣吵架的，都如此完整地保留下來。

那樣懵懂的年紀，還沒有那麼多的戀愛次數、沒有遠距離的考驗、沒經過社會的洗練，沒那麼懂愛，卻是如此用力地去愛，小小的感受會被放大，小小的事情會換來冷戰大吵。現在的我們沒那麼幼稚也沒那種力氣，卻在逐漸成熟的時候發現自己好像弄丟了些什麼。

現在的花樣少年少女是用什麼方式記憶青春呢？是相機功能比相機還好的手機，是取代簡訊的ＬＩＮＥ，統統存放在雲端或是某種記憶體裡，隨時都會有更大量的資訊湧進。或許在這科技一日千里的現代，就是不斷不斷地瞬息推翻，就像我的姪女哪管四大天王是誰卻一一教我認識韓國女團，就像我們也好久沒收到手寫信一樣。時代，是會過去的。

但我們也終究跟著浪潮，人手一支智慧型手機，好讓我們更拉近彼此的生活，好讓我們更方便監控與被監控。讓愛情因訊息高速傳達而快速滋生也更快速死亡，促進了週期的運轉，讓愛情也跟上這個時代。

或許我，早就不合時宜了。

日記被網誌取代，網誌被大量短小訊息取代。

大家都在隨手拋情緒，我還在八股地寫作文。

但如果可以，我想繼續活在舊城區，在書桌前寫長長的信。

我想親手寫一封情書給你，把你感動得亂七八糟，再看著你在 Instagram 把我刪除。

因為，早已經不是二十世紀了。

奔跑的少年

整理舊住處時，打開了回憶的箱子，裡面有許多求學過程中保留下來的紀念物，卡片、紙條，和那個年代還會沖洗出來的相片。

誰說沒有時光機呢？相片是時空之鑰，總能帶人回到當時。

那年是我漂蕩生活的起點，國中轉學了三次才讀完，每次有人問我為什麼，我都說打架。每當放學，我爸就會開著一台紅色廂型車來接我們，拉開門，裡面有著漁港的腥味。手排車坐起來總是顛簸，那時我們還住在看得見夕陽的地方，晒得黝黑的父親打著檔，穿著制服的我們有時並不說話，只是開窗戶吹風，充滿一片紅色的沉默。

父親常帶我們去一家自助餐解決晚飯，三個人都拿著白色免洗盤選菜，吃完再帶我們去租漫畫。那是我們在陌生的地方，一個失業的父親尚能給予的娛樂。

那年弟弟參加田徑隊。為了等他練習結束，我也常常在操場跑步，像個瘋子一樣地跑著，一圈又一圈，然後抬頭衝刺，風會灌進喉嚨裡，彷彿童年經過隧道時張口吼叫，最後再精疲力盡地倒在跑道上喘氣，看漸漸暗下的天空。

後來運動會時，我參加了一千六百公尺賽跑，我永遠都記得我跑出了這輩子再也不可能達成的五分三十二秒，第四名。只有前三名才有獎牌，那個放滿琳琅滿目獎牌的司令台我沒能站上去，同學拍了一張我們在台下的照片。

記得通過終點線時，我像吸不到空氣般地倒在地上大力喘氣，汗水早已浸溼全身。

還是輸了嗎？有點遺憾。

看著相片右下的日期，二十年了。

有點想念那個還願意跑的自己。

被捲髮困擾一生的人

青少年時期，我時常和我的蠢貨兄弟們一起騎單車在小鎮的馬路上閒晃。

「喂我找到一家剪得很不錯，可以跟阿姨說前面要留多少。」培仔這樣說。

「真假？多少錢？」

「一百二，只貴二十啦。」

我放開雙手靠著平衡感騎車，從口袋掏出皮包看了看，說：「走了啊！」

我們剛從小學生升級到國中生，從比球鞋牌子進化到比腳踏車等級。那時我們終於抽高到能騎正常尺寸的單車，許多父母親都送孩子一台單車當作中學賀禮，慶賀自己從此擺脫接送孩子上下學的麻煩事。

我父親也不例外，送了我一台左邊三段右邊七段總計高達二十一段的變速腳踏車，還是眩目卻詭異的青綠色，搭配難坐卻帥氣的賽車座椅，由於是快拆，開學第二天椅墊就被幹走了。

但不管是前避震後避震還是雙避震，抑或加裝了青紅黃綠的火箭筒，甚至是裝了像攻擊武器的牛角握把與牛角剎車，總會有一個傢伙用另一種層次將你硬生生比下去。

那傢伙還有個像是太陽般令人難以直視的名字，陽仔。是我三歲就認識的騷包。

他騎的雖然是繼承自哥哥中學騎過的車，卻是當時少見的「跑車」。車身是彷彿歷經歲月洗鍊的鐵灰色，羚羊掛角般的下彎手把，纏著像是拳擊手身上的白色纏帶，散發出一種剽悍的戰鬥痕跡。

車頭到椅子中間有一條長槓，每次陽仔要騎車時，不像我們是從中間跨越過去再藉由踏板咚地一屁股坐上椅墊，而是將車身微微傾斜，書包隨意往後一甩，發育甚早的長腿在空中劃過一道弧線，接著雙手握住手把，身體流線型弓起，像個蓄勢待發的賽車手。

誰管你幾段變速，只要人跟車在他旁邊，就是個相形見絀的蠢貨屁孩。

我們生活的改變，除了晉升為有車階級之外，髮型也從百花盛放的小學生變成千篇一律的受刑人。女生成了沒有閃耀馬尾的香菇妹，男生則分成兩派，一派像小流氓一派是小白痴，還要通過一月一次的例行檢查。

陽仔因為學區的關係，在另一個小鎮讀中學，我們只有補習的時候才會碰到面。

他們學校的規定比我們寬鬆許多，男生頭髮都吹得高高。我們的教官則會站在門口緊盯髮型，被叫過去的同學都會被他用兩指比看看，頭髮只要超過食指中指併攏橫擺的高度，直接送你一支警告。

儘管如此，我們依然奮力在那幾公分、幾公釐的微小尺度裡掙扎，不管後面上面的頭髮被推得多麼乾淨，前面那幾撮鬚鬚是我們誓死保護的領域，是對抗整個社會體制的不退讓象徵。

放棄前額頭髮的同學統統都會被歸類到蠢蛋，而那留著如同湘南純愛組飛機頭的同學，走路都有風。

所以，找尋理髮店便成了我們很重要的任務。

我從小就在同一家店剪頭髮，那是一家我母親常去做造型，有著特殊香氣的髮廊。

我從幼稚園就被帶去，因為身形實在過於矮小，老闆娘會從角落拿出一張洗衣板架在理髮椅上，我脫了鞋子爬上去坐好。她會幫我套上如同長袍般的塑膠理髮圍巾，兩條帶子在脖子後面綁緊。全身被黑袍籠罩，屁股底下硬邦邦的，腳踩的地方卻很柔軟。頭還在現實中，身體卻彷彿置於魔術道具般的空間。

老闆娘會先拿出一罐噴水器將我整頭噴溼，甚至噴到臉上都是水珠，再用梳子將我頭髮梳齊，水就會沿著鼻梁一路流淌下來。我小時候老是有種困惑，為什麼大人們總覺得小孩子沒有知覺似的。

她會沿著眉毛上方將我的瀏海一一剪平，上方的頭髮剪短，再沿著耳朵的輪廓修剪，最後將後面的頭髮剃掉。

好了。我又是一個脆迪酥小瓜呆了。

我的頭髮質地頑固堅硬、毛躁，甚至越長大越捲曲，越不受控制。是一種如本人個性一樣的髮質。

國小時我常常沒整理頭髮就去學校上課了，陽仔家中的相簿還有幾張我永遠像剛睡醒的照片，照片中的我頂著兩側膨脹炸開如同金剛狼的拙蛋髮型。

也許，江湖一統的平頭是為了挽救我中學時期的女孩緣也說不定。

在價格較貴和童年崩壞回憶的加成之下，我毅然決然地拋棄從小至少剪了十年的髮廊，和蠢貨兄弟們到處巡查只要一百元的家庭理髮店。一坐下來還要先喊「阿姨前面不要剪太短喔！」免得阿姨為了追尋一種快速的節奏，就將頭髮全部咻嚕嚕地剃光。

只要長度不對，我們下個月就會換一家，最遠還曾騎到陽仔住的臨鎮去。

在習慣遊走規則邊緣的一年後，我完全不剪前額已留了一個寒假長度的頭髮，理髮阿姨問說前面沒剪沒關係嗎？我還故作鎮定地說別怕。我既擔心又驕傲地踏入校園，享受風一般男子的存在。結果班導像是早有準備般地帶了剪刀與報紙，說：「點到名的上來講台，不想剪我幫你剪。」

我閃閃躲躲，還以為班導看不到，假裝橡皮擦一直掉到地上似地彎腰躲藏。

結果馬上被叫上去，班導遞過來一張報紙，叫我自己弄出一個可以套進去的洞。

我將頭塞進報紙後尷尬地坐在台上，在全班同學偷笑的眼神裡等待老師的私刑。

我們班導以古板出名。我心想完了完了，一定一刀就把我的頭髮喀嚓，一腳把我踹到屬於蠢蛋的那邊去。

沒想到，老師竟用面對家政作業般的仔細態度處理眼前不聽話的混蛋，緩慢地下刀，東看看西看看，用指頭細量長度。剪好後同學們竟然說比我原本剪的還好看。真是尷尬，早知道連一百元都不用花了。

其實我從來沒有想過脫離制度後的自由，究竟是什麼樣子。

善於活在體制內、在規則邊緣遊走的我們，儘管再怎麼出色，也不過是水一般地充滿在瓶子裡。這樣的自己，知道流出瓶子後，該活成什麼形狀嗎？

大學後，我那難搞的髮質帶來了許多考驗，我剪短後留長，留長後又剪短。總是羨慕直髮的同學們，整理髮型相當容易。而我的頭髮既沒分流又沒髮線，恣意奔放地長在頭上，乾枯得像一窩鳥巢。蠢貨姊妹們還會將手放在我頭上，發出鳥叫的啾啾聲。

於是，我順應潮流地活成一個髮型流行史。

刺蝟頭、離子燙、玉米鬚，甚至還搞過上捲下直的奇怪髮型。

全都是髮型設計師的騙錢玩意，沒多久後就變形了。

我曾經很沮喪地覺得，為什麼從來沒有一個設計師願意為我這樣的髮質規劃一種長遠的方向呢？我們在學校學的不就是為一個公司或一個案子寫出量身訂做的企劃嗎？那樣才是一種正確的顧客關係管理啊。

但自從知道理髮店的規則之後，我就不怪他們了。剪一個頭抽多少成費用的做法之下，當然剪越快能賺的錢越多，像我這樣難剪、頭髮溼乾捲曲程度差異極大的怪異髮質顧客，不僅剪不出我天真指定的雜誌帥哥髮型，還要在剪很久之後承受我失落的表情。也許他們也剪得很灰心。

我曾經很不喜歡我的頭髮，甚至覺得它帶來外觀上的困擾。

但根本原因是，我沒有接受過自己原本的樣子，而強硬地試圖改變它，下場就是亂花錢又難以維持。

於是我開始以一頭亂捲髮的造型活著。一種不受控的捲曲、毛躁、甚至開始衰老般的斑駁白。

連老朋友都會誤會有燙過的自然捲，剛認識的女生會以為這個上了年紀還燙捲裝韓星的男人是怎樣，我也只能這樣地與之共存。

至今，我仍在尋找會耐心仔細對待我那難搞像個性般的頭髮之理髮師。如同找尋人生伴侶那樣。即使嘆氣，也還不要放棄。

你想像的美好

有意識地想自學一些項目，於是工作之外的時間儘量看書，泡在咖啡裡的時間越來越多了，自己沖的、別人煮的、咖啡店的。

我越來越捨不得喝完。

杯裡黑色的海承載我在時光裡的漂蕩。

在令人發慌的城市裡，讓人恐慌的歲月中，我躲進一個個故事，在我眼前總會降落一面鏡子，反射我醜陋的樣貌，再變得透明，使我能夠穿梭在虛構與現實裡，它想告訴我：其實並無差別。

能不能把喜歡的某刻，像按下快門那樣地暫停，然後裱褙、框進打磨上漆的木色裡，形式主義般地安排好記憶的細節，會在最好的光裡。

襯衫與皮鞋，多麼不適合機車和雨。

狼狽的日子裡，心裡也潮溼。

平價連鎖的店家，是提供咖啡的自習室，不限時、卻不靜音，你得戴上耳機，藏進某位歌手的喉嚨。

穿著制服的少年少女如當年的我們一樣把青春拋擲在書裡，換取未來的籌碼。我當然沒有捲起袖子，站上桌子拿著大聲公說：「讀點自己喜歡的東西吧。」畢竟被世界淘汰的人是我。

我常常一待就是好幾個小時。也會連續幾天遇見經常來的人。

執筆疾書的女人，常在我對桌，今日終於在我左手邊，我瞥見她終日望著的平板，播放的是教學影片，只是我分不清楚她在準備的是研究所還是國考。

那是我沒辦法擁有的專注，你分辨得出努力跟搏鬥的差異，要扭轉什麼的人常會跟命運輸贏。

她有時會讀累到睡著，醒來再繼續做筆記。

我突然很想問問她：「妳想像中的美好，是什麼樣子？」

無膽的男人

重要的事情一定能留住嗎？

為什麼曾經很重要的人，我還是忘記她的名字了呢。

國中時我開始閱讀武俠小說，啟蒙者是學姊。

在髮禁的制度下，我們的髮型都被統一成同等瓜呆的形態。男生一律小平頭，女生一概短髮。所以回憶起來，女生的差別只分成，有戴眼鏡的，與沒戴眼鏡的。

那時有款很紅的電腦遊戲，叫《金庸群俠傳》。同學們每天打，每天在下課討論攻略，該怎麼找到絕情谷底好收服楊過、怎麼看資質好學會野球拳，要當十大好人還是十大惡人等等。

我心想那麼龐大的劇情，如果不好好讀一下原作小說，實在太沒文化了。

學姊知道這件事後，像是找到知己一樣拍拍胸膛說：「我有整套金庸小說，我借你。」

於是我從入門又好看的「射雕三部曲」開始，只要我快看完書的前一天跟學姊說，隔天我就能拿前一本跟學姊交換下一集，就這樣一路看到了金老封筆的《鹿鼎記》。用了整整一學期的時光。

其中一本還有金庸的親筆簽名，對我一向溫和的學姊難得用嚴肅的口氣說：「我最愛《笑傲江湖》，所以拿這本去簽，你千萬不要折到弄髒喔！」

我心想，如果是我，才不要借人這本呢。可見當時學姊有多寵我這個學弟。

那天是個隔天沒小考無煩惱的涼風夜晚，我躺在床上看小說。世界沒有遠慮近憂，我只在意張無忌要喜歡哪個姑娘。

突然，我的腹部一陣疼痛，那種器官翻攪的感覺讓我在床上打滾。一下停止一下疼痛，我冷汗直冒地向父親求救，父親連忙開車載我去醫院。醫生判斷是胃痛，就開了胃藥讓我回家吃了。

那是我人生第一次感受到撕天裂地的腹痛。就在看金庸小說時發作的。

多年後，我還記得腹痛，還記得金庸所有主角的名字，學姊的名字卻始終想不起來。

之後的歲月裡，腹痛偶爾發作，有時疼痛不止，我還妄想用乾咳、灌牛奶來止痛，我的胃真是慘兮兮。在哪裡工作都曾留下半夜痛醒掛急診的紀錄。

最慘的一次是自助旅行到波士頓的時候，為了省錢，我在超市裡吃著便宜的披薩，吃到一半那種疼痛感浮現，心想，完了。這裡是美國，可沒有健保，沒有醫生可以看。

我壓著腹部東倒西歪地離開超市，一出來就跪在馬路旁邊乾嘔，最後吐了出來。終於領悟到武俠小說裡那些被下毒的人所說的腹中千刀萬剮是什麼感覺，腦中意識渙散。

越在意疼痛，你就越疼痛。要做的是忽略。你得想想其他重要的事情，例如：這城市哪裡有可能賣粥，以及明天不痛了要做什麼事情慶祝之類。

最後拖著沉重不已、疲憊不堪的身體回到住宿處，連忙喝下最後一包胃乳，便倒在床上回憶起這一生。上一個節日也是這般慘烈，吃完炸雞喝完威士忌後便躺在床上打滾了整個聖誕節，聽樓上朋友們慶祝歡呼吃大餐，我發誓要對自己的胃好一點。結果才四個月又發作了，人真是一種天生容易忘記的動物。活該。

第一次覺得，如果此生都要一直被這樣折磨，那真是生不如死。一直想著，回到台灣後，做個檢查吧。胃到底怎麼了，好歹以後能防範，或是忌口。

一直到做完腹部超音波檢查時，醫生才眉頭一皺，似乎不是胃的問題。我吃了那麼多胃藥，喝了那麼多胃乳，你現在才跟我說不是胃的問題？

是膽。

醫生看著螢幕篤定地說：「有石頭。」

手腳一抖，我才那麼年輕就膽結石了，現在怎麼辦？

醫生說形成的原因有幾種，現在無法判斷，能判斷的就是該怎麼處理。因為膽壁太薄，無法用震碎的方式。如果石頭數量少，可以不用摘除，偶爾還是會發作，但我看你的石頭數量不少。

於是，安排好時間，我渾身赤裸穿上袍子就被推進手術室。

這是我懂事以來第一次進手術室，一切都像親臨電影場景般新奇，不僅色調逼真，還非常冷，非常真實的４Ｄ效果。

醫生交給我一個麻醉罩子，說：「吸兩口。」

我不信麻醉氣體真的那麼厲害，默想一定要用盡我的意志力來抵抗，好讓之後能嘲笑麻醉氣體對我的無效。

我深吸一口，沒事嘛。眼睛環顧四周。

再吸一口。

然後我就被痛醒了。

躺在病床上不住呻吟。

在我失去意識時，手術已經完成，腹部穿了三個洞，膽囊已經被取出。

醫生用痛覺狠狠嘲笑我小看麻醉。

我失去了重要的器官。變成一個無膽的人，從此小心翼翼。

就像我們常常就這樣不經意地落了重要的東西。
而且找也找不回。

依然學不會

某天傍晚，父親在磨木頭，我看了一會，想到有帶相機出來。拍前兩張時我還在找拍照的位置，第三次按下快門的時候，父親正好看了我一眼。

還想繼續拍攝的時候，那片木板就磨好了，父親轉身去組裝櫃子。相機才剛開工就收工了。

檢視照片，我很想把桌上的瓶子移旁邊一些。但時機總是那麼一瞬的事情，錯過了就沒了。

對於很多事我已經不再那麼容易遺憾與硬要。我常常不能明白這世界究竟能留下什麼。

像我也不明白這個六十三歲的老人的手臂為什麼還可以那麼壯。儘管他年輕時是體操隊的雙環選手，那也是快要五十年前的事了。

小時候父親常常帶我們去操場跑步，跑完之後他會倒立走一段路給我們看，
不少路人還會停下來瞧瞧。
每次他一倒立，口袋的零錢就噹啷啷地掉了滿地。
而我每次一倒立就摔倒。
已經過了好久好久了，但許多事情我依然學不會。
例如倒立。
例如口袋有錢。

重疊的記憶

昨天，遇見了二十四歲的場景。
重回舊地，卻像歷經了萬水千山，有點恍惚、有些隔世，我在陽光下旋轉，感到溫柔。

你有你的回憶，我有我的。
你可能會覺得這是自欺欺人吧。但真的有那麼一個人可以說出，什麼是真實的嗎？

以前拋出去的，總會以某個形式回來。
我們有時會漏接，有時會被包覆。
時間的道上，腦海是流動維度的波，可以去未來與從前，夢是隨機的鑰匙，打開隨機的門，去見見不到的人。

往前走吧。

累了，就踩在影子裡。

那些生命裡的等待與耗損，
盲點與迴圈

不知道為什麼，最近特別容易察覺到這些。很久以前聽過的老歌〈Mad world〉，歌詞的全貌幾乎忘了，但在某些平地缺氧、無雨卻泥濘的日子，總有一句會這樣突然想起。

When people run in circles.

近日看《無敵怪醫》，有一篇在畫眼睛的毛病，在故事的結尾還附上關於盲點的測驗，我忍不住試試。先遮住右眼，左眼盯著A點一段時間，然後漸漸後移時，B點就看不見了，直至你持續後移。

反思回生活的盲點，大概就像有些什麼一直在那，而我就是看不見。看不見，又不願移動，就在原點漸漸失明。

假日去公司加班，工作枯燥反覆，尚能苟且下去是貪圖時間的彈性，以及戴上耳機聽歌時就彷彿把外界所有聯繫關了的一方小天地。

弟弟借我無線耳機，讓我在操作機器時能不被耳機線所困擾。今天工作中右耳機掉了，左耳還在播，於是我結束了一次流程才開始找，但遍尋不著，幾乎像過年掃除般地搬動我的工作區域，仍不見蹤跡。

最後是在燙印的機台上發現。但經過一百七十度的高溫壓過，純白色的外殼已經融化變形，像歷經燒燙傷的患者。

無法復原了，我知道。也沒得修，我看著它，有數秒的不知所措。

該怪自己的不小心嗎？該怪原本今天不用出現在這卻出現在這嗎？一切無法挽回。

總是這樣，擁有的失去了，比從未得到難受。

如果什麼開始了便是往結束的倒數，反覆即是生活，那為什麼仍會感到徒勞的等待與耗損？

不願意打轉了，就想像在開隧道，看不見前方只是因為還在通過。

那住在格子裡的我

有人會獨自一人在「拍貼機」前拍照嗎？我很好奇。

西元二〇〇〇年開始，拍貼機瞬間風靡全台，成為青春少男少女放學後報到之處，更是假日揪團出遊必去景點。零用錢咕咚咕咚地投下去，走在時代尖端的美肌大頭貼照片便唰唰唰地印出來。

在機台前，首先來選花色邊框，再來大夥兒擺出各種表情姿勢拍照，接著用小圖案點綴背景或弄花同學的臉，最後拿筆寫上文字與日期，印出來後拿剪刀剪開，眾人搶領，有的人會馬上將照片貼進收集冊裡面。

被迫花零用錢當分母合照的我，看著手中色彩繽紛的相片貼，其實內心更喜歡電影裡那種，一格格的黑白照片。螢幕上的男女主角會緊靠在一台拍照亭裡，擠眉弄眼地笑，或是害羞靦腆，那時刻往往是曖昧或戀情中最美的快門定格。

我認為拍貼機的前身是不具備那麼多娛樂功能的拍照亭。

一九二〇年代，Anatol Josepho 發明出拍照亭，那被命名為「Photomaton」的自動照相機拍下了無數當代人的影像，也讓二戰時期即將赴往前線的士兵們，能與家人、愛人們留下珍貴照片。手中那一小小方片，住著多麼巨大的思念。「合照」，意謂著需要兩個人。

在舊金山的碼頭旁，有一家機械博物館 Musée Mécanique，收藏了許多一九三〇到一九七〇年代的老派電玩機台，我在美西旅行時特地去朝聖過。走進倉庫，像走進了我來不及參與的時光。

我換了零錢在裡頭晃著，體驗這些比我年紀還大的娛樂，多半時間都在端詳它們的外觀構成或是遊戲設計邏輯。然後，突然眼前一亮。

彷彿是沒有預警地撞見，也像是從某段記憶穿越而來，一台「Photomaton」赫然出現在我眼前，雖然身邊沒有能一起拍照的女孩，我還是興高采烈地拉開布簾坐了進去，放入錢幣，那理所當然的閃光燈連續亮起。

從小被愛情小說、漫畫、浪漫電影餵食長大的我，有時卻是過分理性的。但一個人在世界上走過越多地方，就越是渴望有那麼一個人可以打從心裡一起分享些什麼。

一個人，能做到的事情很多，但「一起」永遠需要兩個人。

我看著那曾拍下的相片，身邊卻一個人都沒有。

格子裡的我永遠都是那麼自我且孤獨。

關係

有一段話是這樣說的：「人與人之間啊，真不該如此脆弱。但情人與情人之間，卻常常需要斷裂得無比澈底才能釋放彼此。」

其實，我覺得不只是情人之間，有些關係也的確如此。

人們往往因為好奇而接近，又因了解而離開。

不管把心交出去多少，總是會保留一部分給自己，說是自私不如說是一種保護機制，而在拿捏與平衡之間的分寸，每個人都有自己的標準。隨著年齡漸增，對這世界看了越多，對自己的人生體悟變深，也更了解什麼樣的東西、什麼樣的關係對自己是重要的，每個人的時間都有限，自然會把心力放在那些重要的事物上。看多了生老病死，有些執著開始變得不重要，有些東西能放便放，都是減少負擔，與其在情感中拉扯不清，不如一刀兩斷來得乾淨。

每個人都渴望被了解、被聆聽，我也常常在兩種情境中扮演訴說與聆聽的角色。

有時候我覺得自己何德何能，被人放在極度信任的位置。

有些人只是短暫的需要，說完就走，我了解，也不拒絕當任何人情緒的垃圾桶；有些人則需要我偶爾充當孔子解惑，偶爾當起張老師，敢開口的這些人都占據我生命中極重的位置。

但自己好像越來越沉默，或許是不想把包袱再分擔給誰，也或許是某些心情太深，已不再能輕易託付。

總會想起曾經那麼義無反顧、不在乎受傷的你我。

人生這條漫漫長路，我們曾伴在彼此左右走上一段。回憶是身後越拖越長的影子，而我漸漸不敢回頭。

那裡，這裡

1.

過年前，和大畫家約了喝咖啡。

大畫家總是有畫不完的畫，是夜深時還能在線上看到的聊天好夥伴。

隨意閒聊著，從文字聊到畫作，從張大千聊到經營一家店，再從電影聊到分鏡就起火了，一路燒到漫畫去。

大畫家說《火影忍者》的分鏡太強了，各種角度的立體感太強，幾乎可以直接製作成動畫。

我不知道自己想證明什麼，說：「我覺得《宇宙兄弟》是近年來我看過最好看的漫畫，不論是故事結構還是角色塑造都太強了，已經打入我人生前五名好看的漫畫！」

大畫家一臉感動地點點頭說：「《宇宙兄弟》真的太好看了，現在日本有展，超想去的啦！」

我大吃一驚：「真的假的啦？」

大畫家拿出手機滑著ＬＩＮＥ說：「我有加小山宙哉，他會發訊息說有什麼活動，已經很多場展了。」

我滑了滑，超想去日本。

我根本是業餘愛好者碰上真職業玩家。跟畫家聊漫畫，真是太自不量力了。

2.

宇宙一向令我著迷，抬頭的那片點點星光，竟是一片無邊無際的世界。看得到，伸手卻摸不著。

身為人，究竟要立多大的志向、用多少力氣堅持，才能坐上太空船，突破大氣層，用別人從未有過的視角俯瞰我們居住的水藍色星球。

你說，《宇宙兄弟》該有多迷人。

3.

《宇宙兄弟》裡有很多深刻的片段，常常令我激動。有一段情節一直在我心底上演，我時常回想。

哥哥六太在接受訓練時，站在一旁看著其他太空人討論，突然愣住了。然後故事畫面跳回小時候。

小六太在班上滔滔不絕地跟其他小男孩聊彗星、聊宇宙、聊他看到飛碟了，聊天文台有望遠鏡可以看到星星，其他同學都忽略這個話題，小六太的熱情沒有任何回應，他沒有任何同學對太空有興趣。

六太長大後不知在何時就徹底遺忘了太空人這個夢想。

直到超過三十歲被工作許久的汽車公司開除，弟弟從旁激勵後，他決定再給自己一次追逐太空的機會。

六太開始努力自我訓練，接著通過層層困難的考試、面試、大小測驗與高壓訓練，最後終於站在基地裡，和其他人討論宇宙的一切。

他站在那裡，心底激盪：「提到天文台就想一起去看看的夥伴，原來都在這裡啊。」

4.

大學時我過得很茫然，沒考上電影系去念了商管科系，念得很隨便，卻也沒執行力去轉學，那時有太深的不屬於那年紀的煩惱。絕望，像一道巨大的斷崖，讓人以為前方無路，我常常忘了該看更遠的地方，比絕望超出更遠的地方。

迎新時我到電影社詢問，學長說，電影社只放挑選過的片子，並沒有我想像中的寫劇本教學或一起拍片的社團活動。我就不去了。

到了大三，曾一度很有欲望地想用數位相機拍些什麼，再剪輯成一個故事，興高采烈地吆喝那時玩在一起的同學們一起去拍片，那一定很有趣，但他們都覺得很麻煩，熱情一冷卻，劇本就這樣塵封在腦海裡。

那時，我有很多好朋友，卻沒有志同道合的夥伴。

5.

後來的我，一直在尋找方向。

直到上到廣告管理這堂課，我才發現原來我還有熱情，更發現自己嚮往的，不是單指電影，而是在「說故事」這件事。

說故事有很多方式，廣播電視電影相聲音樂寫作演戲，只是媒介的不同。

我進了電視台工作，去上廣播電影課程，後來也參與了幾次雜誌專欄寫作。

我遇見了很多人，這些人與我有一些共同語言，我有過一些屬於我的魔幻時刻。

有句老話不是這樣說的嗎：「一個人，走比較快，一群人，走比較遠。」不同階段的人們，都讓你知道，你該去看更遠的地方。

六太也是這樣一步步接近他童年裡的宇宙。

我也曾離開，我和六太一樣，過了三十歲才回頭好好看看自己。

6.

每個人都有自己想要的世界，想要的生活。你得找到你想去的方向，試圖一直往那裡走，途中會受挫、會迷失，甚至繞路。我們沒辦法一口氣飛向宇宙，但我們可以慢慢靠近想去的星球。

有一天你會發現自己已站在那裡。

而在你身邊的，也許是同事、知己、夥伴、親人，或伴侶。

有時互相扶持，也會激動爭執，歷經不同的快樂與難受。但無論如何，你們都是在同個頻率裡溝通著，你們在想要的領域裡一起前進。

那時你會突然發覺，啊，原來想一起去遠方看看的夥伴，你們在這裡，我們在路上。

尚有

在告別舊年舊事之前，我跟認識近二十年的兄弟開啟難得的話題，聽聽憤恨。
我一直尷尬地笑著，想著自己是怎麼面對的，可能也沒高明到哪去。

別人輕鬆地穿鑿附會，就足以使我們在生活裡舉步維艱。
恨，來自於樹林間莫須有的嘲笑風聲。

我也會莫名地討厭人，所以我接受別人沒來由地討厭我。
我也會犯錯，於是我經常試著同理別人。

我不夠聰明，很多事我都還找不到解答。
只願我們餘生，都尚有足夠的愛給予與支撐。

輯三

如雪盤旋的思念

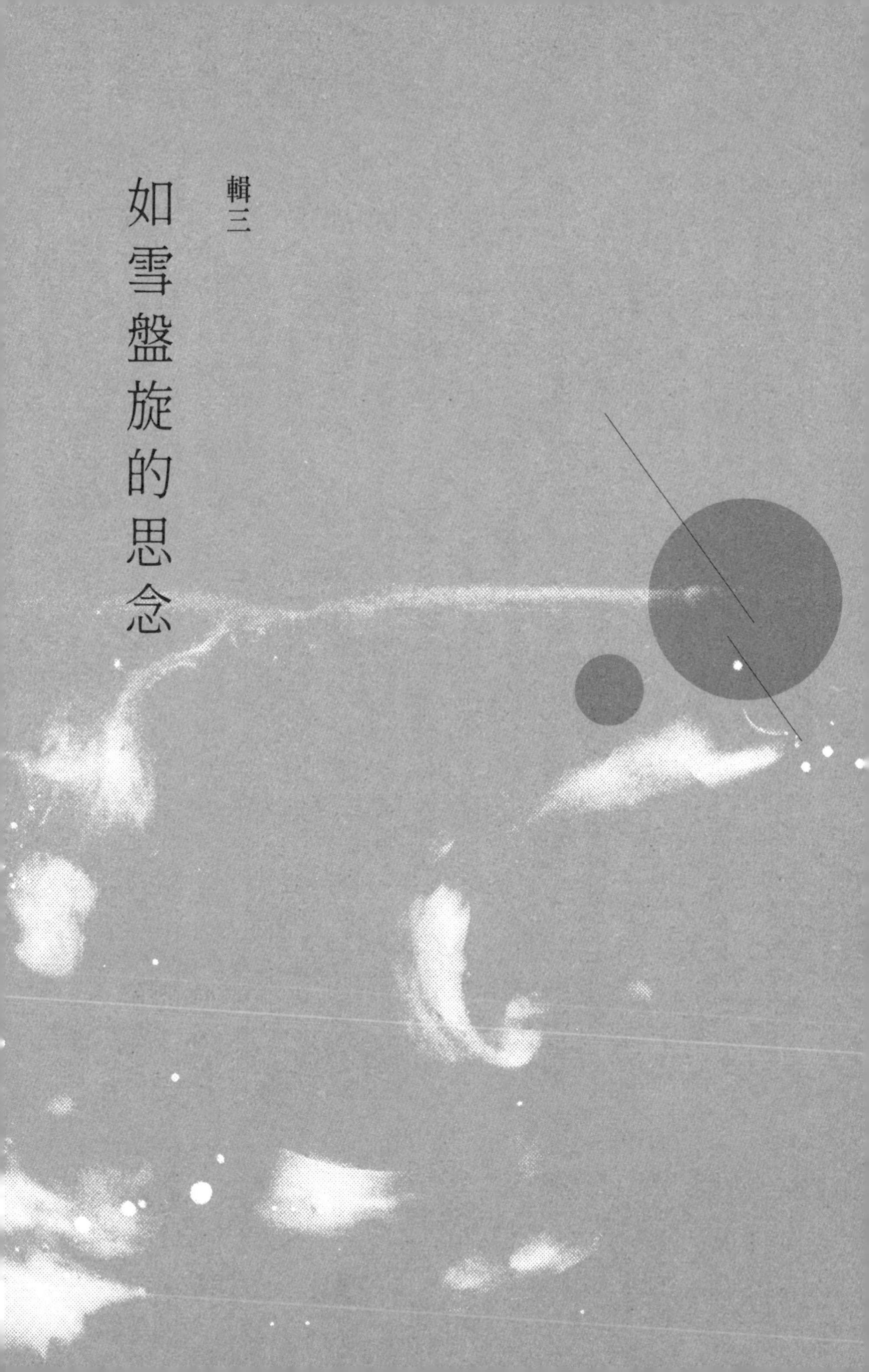

在名為思念的維度裡，
現在、過去，甚至是還未來到的以後，
所有的時間線都會在這裡交錯著，
如雪盤旋在空中，任憑自己如何移動。

相遇

活到現在，我仍不明白許多事。

有些東西破了、碎了，便永無回來的可能，我們無法阻止它的發生，甚至也難以理解究竟是在何時傾斜的。

人與人的相遇，是在彼此心底的白紙上寫字。

有些深刻如詩、有些曲折交纏像小說、有些日常活成散文篇章。

而離開之後，有人將信撕了、有人當成書籤夾在回憶裡面、有人稱斤賣了、有人只是胡亂塞在抽屜，不小心打開了，便散落一地。

出發

幾年前騎單車環島回家後，我跟朋友聊天：「環島了一圈，我想了好多事情。你猜猜我覺得要完成環島，最重要的是什麼？」

他隨口回：「一台不會爆胎的腳踏車？」

我若有所思地說：「是出發。」

身邊有一些朋友覺得環島難，是因為會很累。

我覺得單車環島比很多事情都簡單太多，因為只要一直騎一直騎，累積的路程不會騙你，往前騎一點，離目的地就近了一點。

但很多事情不是這樣的，你努力了，也不一定能完成什麼。

我們有時得承認，人生真的有很多怎麼樣都抵達不了的遠方。

後來有次我陷入茫然時，問那位朋友我該怎麼做，他只說了：「你知道曾經有個人告訴我，環島最重要的是什麼嗎？」

所以，那個在你心中，或許比冥王星更遠的地方，也許你終其一生，都無法以近距離碰觸到，儘管如此，你還是要出發嗎？

在離職後的第一天，我又再次問了自己。

旅程中，給F

親愛的F：

很久沒有一個人開車出遠門了，今天出發時天氣很好，是個適合拍照的下午，可我一路開到了池上才停下休息，路途中看見大片黑雲，本以為台東的天氣會不好的。

朋友覺得我一人孤單，給了我香蕉皮先生作伴。

出發前老妹打了電話給我，毫不留情地在另一頭說：「去台東幹麼？散心嗎？心那麼散了還散什麼。」

在緩慢的風景流逝中我不禁想著，心是散的，還能一路撿拾，
如果心被自己關著，一旦關了心，是不是就不再關心。
車才剛開進關山，就下起雨了。
想起妳住的城市也是多雨，習慣了嗎？
不想問妳今天天氣如何。
我想，妳心是開的，就能開心。

親愛的F：

如果到台東，去晃晃書店晃晃，好像是既定的行程了。

巧的是，上上次來剛好遇到了崔舜華，這次來碰上了「我現在沒有時間了：反勞基法修惡詩選」講座。

蔣闊宇與瞇，聯手讓我上了一課，補足了很多我原本一知半解的狀況。

世界上有很多人，為了自己關注的議題，付出了許多時間與力氣，只為了讓事情一小步一小步地接近更好，例如勞工權益、例如海洋生態。

瞇說出了一個疑問。

她說，那麼，寫詩在爭取勞工權益這件事上，究竟能有什麼力量或是幫助嗎？

我也常想著關於這樣的事。

自己寫詩的時候，常常只是寫下當下的心情。除了紓解情緒之外，詩對於很多事情來說幾乎毫無幫助（有時甚至連抒發情緒都會失敗）。

親愛的F，妳讀詩，也寫詩。

此刻突然很想知道，詩對妳來說，是怎樣的存在？

雖然我是如此害怕妳反問我這個問題。

F：

不知道妳認為旅程中最迷人的部分是什麼？

遇見未知的人，發生一些從沒設想過的思想互動與經歷上的交流，永遠會令我驚奇與難忘。

坐在對面與我一同聽講座的女孩，是《妖怪情書》的作者其心，十七歲，自學生，活在目前的教育體制外。

人群聚了，形成社會。有社會，便有體制。

我想，在體制外生活，代表的不是全然的自由，而是你要如何在獨立運轉中找到自己的秩序，並持續對這世界保有好奇心與學習的熱忱。這不是件容易的事。

想起自己也曾失速過。

一直在教育體制內考試都不是問題的自己，當不再有人給出限定的題材與範圍，不再用死板的分數稱讚我之後，我完全找不到目標與方向。

寫滿了考卷，卻寫不出自己喜歡什麼。

F，十七歲時候的妳，喜歡什麼？

其心結束了海或市集的旅程，來到台東，繼續她《妖怪情書》的環島分享。

晃晃的老闆娘素素亮出爬著 Henna 彩繪圖案的手跟我們說，可以請其心畫畫，遊戲規則是，拿一樣東西交換。

我趕緊翻找背包。還好，有帶著明信片。

「這是我寫的句子，跟妳交換。」

但其心問：「你有蠶豆症嗎？」

我臉一皺說有。

其心抱歉地說沒辦法幫我畫了。

因為蠶豆症患者可能會對 Henna 的原料有過敏反應。

我有點失落。但還是將明信片遞給其心。
其心收下後，找了一張貼紙給我。
上面寫的句子我很喜歡。
她說這是在擺攤畫畫時別人給她的。
我說這樣妳就沒有了，不留著嗎？
她說，這樣子的交換與交流，挺好的。

是啊，挺好的。
我們在旅程中不斷地交換再交換。
然後，都會帶著一些什麼離開。

F：

我們都曾是流浪的人（或許現在也還是）。

當家只是租屋處的時候，情感面就難免單薄，屋內的生活也常常顯得漫不經心。

而我知道，妳認為這樣的流浪是不會有終點的。

歸屬感，是時間的箭頭終將指向的地方。

我不斷遠行，是找尋，還是發現？

海浪再洶湧，有沙灘受著。

我們都曾是在岸邊不發一語等候的人。

而我終於也成了海，從此漂流。

F：

當我靜默時，便能感到自己在緩緩下沉，逐漸成為海的一塊。所有的思緒都像氣泡般上浮，最終一顆顆地破碎、消散。彷彿什麼都沒能留下，卻又明白那些的確存在過。

海的一塊，究竟是什麼形容？

海有它的邊界嗎？質地是什麼？是柔軟無形，還是被困守在自己的框架？

親愛的。

我最近在思考關於邊界的事。

也許自己跨越了某種邊界，於是——開始了流亡。

思念雜想

思念是個名詞，如：我對他的思念。
思念是個動詞，如：我思念他。
但無論是什麼詞性，多半是有些沉的。

思念是一種感覺。
思念是一種情緒。
思念是一種無法估計的心情，大多是有些重的。

說到思念我會想起的歌是張雨生的〈如燕盤旋而來的思念〉，還有張震嶽的〈思念是一種病〉。

世界上最思念的人是阿嬤，所以最害怕聽到的歌是蕭煌奇的〈阿嬤的話〉。

現在講到思念，偶爾會感到彆扭。
現在講到思念，有時是歲月累積出的純粹。

有些思念是萌芽的起點。
有些思念是在起點線後開始奔走。
有些思念結束在終點。
有些思念在結束以後仍然蔓延。
迸發在不同階段的思念，像光譜上排序的顏色，有些明亮，有些暗沉。

思念通常是單向的。
思念大多是沒有回應的。
思念是獨處時的喃喃自語。

思念像海。
有時風平浪靜海闊天空微風徐徐。
有時狂風暴雨浪如海嘯幾乎滅頂。

思念是愛成形前的酸甜。
思念是愛遺留下的惆悵。
思念是構不成愛的傷感。

攀岩

第一次攀岩時，最後那段攻頂好難，我像是在空中跳Breaking，手短腳短的，幾近用盡全身力氣。

心事太重的時候，人就崩塌成一個黑洞似的，連旁人說的話都直接被吸進去，回應不出東西。

P說：「你現在的靈魂根本和地球失聯，我問你什麼，你和沒問題先生一樣說YES就對了。」於是P跟K帶我去練習攀岩。

P在攀岩館的朋友借我裝備，她和朋友說：「這是我國小國中同學，我的半輩子了。」

第一次攀爬時，不是害怕越爬越高，而是發自內心感到恐懼，當人在半空中上下兩難，手指漸漸失去力氣時，彷彿一放手，就會摔下去，在那時，你不會覺得背後還有什麼可以讓你支撐。

一點都不帥，我好幾次覺得慘了，都大喊：「我可以下去嗎！」底下卻傳來：「我不會放你下來的！」

我只好繼續往上。

不知道花了多久才爬到最高處。

但在那一刻，才發現最難的不是上來，而是怎麼下去？

P大喊：「雙手放開！」

我只覺得放手就要摔慘了。

後來放開後還是本能地想要伸手抓石頭抓繩子，真是沒用，連讓自己好好墜落都做不到。

回到地面時，K說：「是不是覺得不行時，朋友推你一把就可以上去了？」

P則戲謔地笑說：「下來時你就放心地放手，我會溫柔把你接住的。」

後來我又爬了一趟，比第一次上去花費了更久的時間，好幾次說沒力了，卻又撐著。

「再試一下吧。」

是那時腦海唯一的念頭。

進退

近一些，可以看清人一點。
退一些，可以看清人生一點。
而那些卡在中間的混亂，才終究讓自己，多了解了自己一點。

冬日，給F

親愛的F：

許久沒有寫信給妳了，天空陰沉沉的，像手邊只有黑色顏料與水，能染上的只有深淺不一的灰。

十一月來到最後一天了，儘管年年都會有十一月，但結束了十一月就像是快結束了一年。比起十二月的節慶帶給人們的歡愉感，我總認為十一月的調性是Damien Rice的歌聲，有一種很深的抑鬱，是即使告別了十一月也會在心底徘徊。來回地走，來回地走，也不確定自己在找些什麼的那種走。

妳找到屬於妳的色調了嗎？

仍會被一些事情提醒傷口嗎？

有時我也厭倦了反覆。

聽朋友說他在規劃徒步環島，我想我是沒有這樣的毅力的。走了一大圈，最後回到原點，個中滋味只有走過的人才明白，移動後再回到一樣的位置，總會不一樣了。是吧。

話說，為什麼一定要用徒步這個詞呢？如果是散步環島，聽起來就像是這個傍晚就能出發了。

我們還會像以前那樣散步，說說彼此心底的話嗎？

我也不知道，人生總有太多不確定的事。

我們總在現在、過去與未來之間，尋找一個合適的位置。

一旦十二月來臨，街上許多人的心情也會變得不一樣。他們都是期待未來的人。

也許我們，也還能期盼一些什麼。

F：

是十二月了，天氣暖暖的，我坐在窗邊讀余秀華的詩集，在詩與詩的換氣間，我總會看一眼淡藍色的天空與隔壁人家院子裡的一棵木瓜樹，樹上果實纍纍，但尚未成熟。

讀余秀華時總是如此，想更親近自然。

比起人世的喧嘩，植物總是安靜。

安靜，像一種扎實的力量，沉默地看待與包容，並牢牢抓著一些重要的，任憑世界搖晃。

才剛想著把詩集也寄給妳便讀到：

「如果給你寄一本書，我不會寄給你詩歌／我要給你一本關於植物，關於莊稼的／告訴你稻子與稗子的區別／告訴你一棵稗子提心弔膽的／春天」。

然而，要冬天了。

我想起了我曾在北國的風雪裡手舞足蹈，看萬物被不斷的落雪埋覆，世界是白色的了，很想一起躺下來。

我覺得跟自然作息一起運轉是件很好的事。陽光時就奔跑。

風雪降臨，我們就安靜等待。

親愛的F：

在經濟的壓力考量下，很多事情不免還是會去想，值得去做嗎？但一旦做決定之後，就只剩義無反顧支撐著，然後，它會帶領我去看一些東西。

在權力與媒體操控下，人心是很容易擺盪的。

對立面是被行為製造出來的，但真實是必須靠自己的眼睛去看，並相信真正值得相信的東西。

什麼東西會被留下來，不知道。

但擁抱與眼神，比螢幕真實。

被轉發分享一萬次，比不上真正想說話時，有人為了你，專注地聽。

雪人

妳搖晃著我
送的水晶球
雪人就活在一片細雪紛飛的景色裡
曾看過妳無數開懷的笑
都能在心裡素描成畫

但妳是屬陽光的吧
南國的孩子

於是剩我一人站在雪中
理解一切冷冽的感覺

雪

天冷的時候，我常常想起那會下雪的地方。

或許是出生的地方並不容易下雪，我總覺得雪很不真實。儘管我曾在大雪紛飛的日子大力揮動手臂，用力將眼前的白色刻在眼底，仍感覺不真實。

第一次生活在會下雪的城市，看著天空飄下雪花，落在頭上、身上，我張開手心接著，心底顫出一種興奮感，像是為這種初次體驗的新鮮感由衷地開心，看到熟悉的景物覆上一片雪白，彷彿置身於電影場景，城市又翻轉了一種面貌。

那年溫哥華的冬季，只不過下了三場雪。

第一場雪的時候激動不已，第二場雪開始覺得上班又冷路又難走很麻煩，可不可以不要再下了。

第三場雪下了連續兩天，越下越多，假日原本想待在家，卻不禁想著如果這是這個冬天最後的一場雪，那麼，就是我在這個會下雪的城市的最後一場雪了。一想到此，就拎起背包出門淋雪去了。

坐在 Skytrain 的車廂裡，望著外頭白雪覆蓋房屋及樹林的景色，感受這列車在地上頂著風雪前進的姿態，然後安心地在車裡漸漸睡去。

隔日則是坐著巴士像是觀光客般瀏覽著城市街道，下次再看到雪景不知何時了，只能用力地用眼睛記錄下來。

景色不斷退後，在逝去的景色裡，想起一些人。

有些人就像雪一樣，如詩景般地來臨。但在那夢幻白雪消融之後，你會懷疑，他是否真的曾在你的生命中存在過。

消融

突然有點遺憾
我忘了去看
下著雪的英吉利灣

是那麼想知道雪是如何
消融進水裡
是像冰淇淋
墜進咖啡裡嗎

還是會更像
你曾來過的樣子

此時此地，給F

F：

「二〇一八年七月十六日，高雄。」

「在想這些事情的時候剛滿三十二歲了。」

這是我為「此時此地」想記錄下一些什麼的開頭。

妳旅行的時候會帶上一本書嗎？

這次旅行我帶了阿布的新詩集。對我來說，阿布是醫師，也像患者。

他在自序裡寫著：「在大部分的時候，那些『現在』只不過是從過去通往未來的階梯，階梯的功用只是連結著此地與遠方。我們踩著現在朝未來奔去，現在很快被拋在後頭，成為過去的一部分。理論上最親近的現在，卻也離我們最遙遠。」

寫得令人多麼想放聲大哭。

我們的確這樣匆忙地老去。

這一陣子，我被許多必須同時運轉的事情壓迫得難以喘氣。

不斷試圖張望未來，偶爾又沉溺在過去。

那麼，「現在」到底在哪裡？

這次的旅行像是一個短暫的休息。雖然我殘忍地發現，休息無法真正解決恐慌與焦慮，但的確可以好好地看看自己。感受「現在」，活在此時此地。

希望妳也能在忙碌的生活中，拉開一張椅子，坐下來。

不為了什麼，只為了感受此時此地。

我們都能發現一些什麼。

我是這樣想的。

殘花，亦美

與花為伍的日子來到半年，蘭園溫室外頭已經開始落雪，聖誕節就要到了。

Carol 十二月初就宣布公司福利，除了應景的聖誕紅，每個人還可以挑選一盆蘭花。溫哥華的居民頗愛蝴蝶蘭，花影出現在花店與市集、客廳和玄關，用在婚禮的布置上，更是高雅。

花，可以輕易改變一個空間的氛圍。是美麗的點綴、舒壓的存在。

我每個工作天都大約要將四百株花苗換到較大的盆子，再把它們排列到架上澆水、晒太陽。種花是一個相當寂靜的工作，常常一整天下來，最常說話的對象就是花。

「請順利長大。」

「啊不小心弄傷你了。」

「妳也開得太美了吧！」

換算下來，我已經種了超過兩萬株蘭花了。每次在市集看到蘭花的標牌是我們花園的名字，我就會多欣賞一下。啊，真神奇，這是我種的啊。

花園培育的蘭花有數十種，白花、紅花、黃花等色系也各自爭寵，我遲遲下不了決定要選哪一盆，之前都是拿不小心斷掉的蘭花枝回家插在玻璃杯裡，這樣就很漂亮了。於是我打算挑因為品相差被淘汰的孩子，這樣的花們會在澆水、綁花時被篩除，統統放到落單區。

我在落單區中看到一盆只有兩朵小黃花的蘭，只有開兩朵的無法交給花店，通常也不太好看，但這盆卻瞬間吸引了我的注意力，因為蝴蝶蘭的花朵，側萼片幾乎大半都隱藏在上方兩片花瓣的後面。但這一盆很特別，它下方的萼片生長的角度轉彎向下，讓整朵花的形狀像極了一顆星星，在花園徑自發光。

就這樣，我喜歡上了它，每天我都會特地過來看看它，看的時候心情就會變得很好，心想接近聖誕節時再把它帶回家。

然後，它就不見了。

我原本以為它是被移到別的地方，遍尋不著後，問了 Jamie 又問 Carol，Carol 不記得是哪一盆，我馬上翻照片給她看，她才說應該是被 Damon 拿去給 Flea market 出清特賣了。我好難過，我以為它會一直在那邊的。

我對著 Carol 嘆氣說：「喜歡它那麼久沒有把它留下來，就變成別人的了。」Jamie 安慰我說再挑一盆吧。

我在花園找了找，發現了一盆花朵開得很漂亮，枝幹卻遍體鱗傷，只剩一片孤零零的葉子搖搖欲墜。

我小心翼翼地把它裝在袋子裡，抱著回家。

一路上我都在想著。

受傷了，沒關係。我會把妳照顧好的。

火星對話

她說：「我們搬去那吧。」

我看了看牆上的地圖，第一次發現原來火星也有分成東半球和西半球，虧我還自詡太空迷，真是孤陋寡聞聯名丟臉。

「你想住哪呢？」她從左後方問。

「我看看。」我上下左右端倪了一會，指著索利斯高原說：「這吧，感覺像是世界的中心。妳咧？」我反問。

「南極。」她想都不想。

「火星上哪有南極啦！」

「沒有南極嗎？那企鵝要住哪？」她的表情有些慌亂。

我往地圖的下方一看，結果真的有南極，突然覺得自己蠢到火星去了，任何星球的南北頂點，應該都會被稱為南北極吧，這點或許放諸到冥王星也準。

「火星上沒有企鵝啦，企鵝能在火星上生存嗎？」

「蛤，不能嗎？」

但我沒空管企鵝了。

因為我赫然發現在火星東半球南極附近發生過一些苦澀的事件。

一九七一年，位於南極左上方的赫勒彭特斯山脈附近，蘇聯的火星二號在這裡墜毀。

南極右上方附近的奧提米陡坡，美國的深空二號探測器、火星極地著陸者號，在一九九九年的同一天墜毀。

我沒有告訴她，沒有人成功登陸火星的南極。

只說了：「原來就算再有準備的出發，也不見得能安全抵達。」

「真的沒有企鵝嗎？」她沒有理我，還在執著。

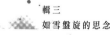

我看著她，想著，火星上都能有王禎和了。

我應該也要相信，火星上也有企鵝。

Border crossing

旅人會有目的。倦鳥總會歸巢。

如果我一直是個不斷移動的過境者，又該在哪棲身？

離開台灣九個月，時間不斷推進來到了農曆過年，在溫哥華並沒有感受到什麼過節氣氛，所以心態上竟然也不覺得要過新年了。可知環境的影響有多大，那些集體行為構成的習俗，視為理所當然必須遵行的傳統，也許是很珍貴的東西也說不定。

有時脫離自己，才能把自己看清，就像我離開台灣後，我才能從另一種角度來看這個居住近三十年的地方。

台灣是個島，我們都知道，但我們可能沒有真正意識到原來台灣真的是個小島，對外國人來說是一個旅行的小海島，就像蘇美島對我們來說就只是個島。但對島上的我們來說，這是我們的國，我們依附共生的社會，就是天，就是地。

但最關鍵的因素，還是在人、在家，和那些經歷的事。

我在這裡認識一個十幾歲的青少年，是在台灣出生卻從小在溫哥華長大的台灣人，偶爾才回台灣。

我問他：「對你而言，哪邊才是家？」他說當然是溫哥華。

是啊，那些照顧你的家人、從小一起嬉鬧的朋友、一起念書一起玩樂累積出來的回憶，才讓人有了「存在」的依靠。

共同記憶，一直是人與人之間很珍貴的情感。

我從小到大搬了無數次家，國中轉學了幾次才念完，甚至曾在泰國待過一小段時間。所以我曾經對「家」這個名詞很迷惘，出社會了也一樣，這問題也曾困擾著我，我該在哪生活？該用什麼方式生活？

我不知道。

所以我一直找。

我到過很多城市，很多地方，和不同的人群相處過後，又揮手說再見，就像一個不斷入境又出境的過境者。

我曾經很怕我就只是個在別人生命中不斷離開的旅客，但我與很多人的共同記憶卻在很多時刻支撐著我。就像不知不覺中，我已經不再去想我的家在哪裡，因為那句「有家人的地方就是家」已深深刻在我的心上。

如此，我才能放心遠行。

我只是還在想——不斷地 Border crossing，是不是為了有天能永久停留。

雨日，給F

F：

雨天的午後，困在一張桌裡。
待完成的案、看到一半的書、未整理的照片。
儘管如此，仍會分神專注在某些早該經過的事。
那些隱晦的片段，不知道為什麼被保存得很好，時間緩緩地曝、慢慢地沖，在陰鬱的時刻顯影成為你走進死巷的指標。
想像一些遠遠的事，是可能的嗎？
像前方有值得完成的事。
像天空不會在乎雲的重。
像有一片海終能擁抱混濁的溪流。

遺憾

有些遺憾，是我們不再肩並肩往前走。

有些遺憾，是走著走著就走散了。

有些遺憾，是不知為何我們不再站在同一邊了。

而那些更遺憾的，是來自於我們都清楚地知道，感情，從來不是單向就能通車的。

多年前在國外的夜裡，寫下了這些句子。

那時我離「這裡」很遠。這裡，是我的那裡。

我離我原本的世界很遠，不論是時間還是空間。九千五百公里的距離，十五個小時的時差。白天是黑夜，黑夜是白天。

我第一次在夜深人靜的時刻，感受到歲月與時區的作用力。

像是漂流在外太空般的狀態，如一座孤獨運轉的哈伯望遠鏡，是那樣遙遠卻又如此細微地看著自己那些紛亂、幽微、難以梳理的情感。

有些難過，是來自於清楚的認知。
我們終究是兩顆獨立的星球，不會再一起運行在同個軌道。
人與人之間的情感，從來不是單方面就能有交流的。
於是終於遺憾地知道：有些人的世界，你再也抵達不了。

如果星星都熄

希望，這東西很微妙，的確從內心鼓舞了自己，彷彿著實越過了一道牆，開始能看到較遠的前方。

但希望，也是如此飄渺之物，像暗空裡忽明忽滅的星。閃爍、迷幻、不確定。

別人給你的，都有機會被拿走。

所以重要的是，如果星星都熄了。你還願不願意在夜裡，重新把自己點亮。

往山裡走去

像氣溫驟降一樣，日子突然就安靜了下來。前段時間的大吵大鬧趨緩，朋友們繼續忙碌，我則在搖晃之中找降落的座標，在浪裡眺望陸地。

要做的事情即將排山倒海，我卻還搞不清楚是弄丟了槳還是不見了舟，人家總說日子是浮沉，我想我進的水，是不是都在眼睛。

帶相機出門，不知道拍什麼也就隨意壓下快門，沖洗底片的時刻成了生活的小小期待，就靠著那一點點一些些的驚喜，讓自己多愛這世界一點，多喜歡自己一些。

我終究是變了，會背起背包去走走山路。
會在某處佇足許久，只是抬頭看著風如何一直讓葉擺動。
因為終究是要回來的吧，所以開始往山裡走去。

Amikuciu

1.

我從來沒有擁有過一雙雨鞋。

家裡從沒有出現過這樣的雨具，童年的家前還沒有鋪柏油路，我常常赤腳跑來跑去，在雨天時刻意踩過積水的水窪，感到一股親近的腳踏實地。

小學時看班上同學穿著黃色的雨鞋上學，不知道那穿起來是什麼感覺？

2.

這次參與演出的漫步劇場，舞台是在富世村，是位於太魯閣山下，同禮部落的遷村，以族人Yaya的家為據點，進行超過半年的田野調查與戲劇製作。我在計畫開始三分之一時加入，每兩個星期的週末，我們都在部落裡生活。

走過幾遍村子，首先會察覺許多戶人家都有養狗，我們常常引發連環效應的吠叫聲，彷彿在不斷地提醒我們：「你們是外來的人。」再來是看見平房的圍牆上，常擺放著雨鞋。

山邊容易下雨，午後雲層漸厚，轉瞬雨便傾盆。看著部落的孩子在雨裡追逐奔跑，溼答答的笑容擴出漣漪的笑聲，多麼無憂。

我們坐在Yaya的家裡等待雨散之後的排練，鐵拉門的間隙上掛著一把把傘，都是演員的。

雨傘是這樣的雨具，能在滂沱大雨中，將那些試圖淋溼你的隔絕在外，儘管常常在晴天時被人遺忘。猶記得童年時第一次舉著大傘，斗大的雨滴不斷落墜傘面，嗶答嗶答的聲響圍繞耳旁，抬頭看著被擊打的傘面微微凹陷、復原又凹陷，圓圈之外的世界是雨的攻擊之術，我在傘的結界裡感到安心。

3.

雨鞋在部落裡，卻不單單只是雨具。

它們常常是族人擁有的第一雙鞋，便宜耐穿、防水防滑，穿著雨鞋上山下山、在土地裡耕種作物、穿梭林間打獵，是如夥伴一般的存在。雨鞋有一個外來語名字——Amikuciu，他們這樣叫它。

名字，是具有力量的。我們認識一個人、一個物件，皆是先由名字產生情感連結，作為指認的開端，而互動再將彼此拉緊。人名往往又有更多的意涵。

劇場夥伴在山上圍成一圈烤火的時候，族語老師 Nac 幫每個人都取了太魯閣族名。原本只有像 Nac 的母親 Yaya 這樣的耆老才有取名的資格，但 Nac 認為一切是緣分。此後大家都用族名稱呼彼此，除了我之外。

因為我錯過了和大家一起上山的時間。我擅長錯過。

4.

我上次去同禮部落已經是多年前的夏天了。通往部落的路是條不容易走的山徑，如果走的是俗稱恐龍背的路線，有時面前只有大石塊的堆疊，需要手腳並用地攀爬。一般人上山大概需要六、七小時，而族人與他們的雨鞋只需三小時。

對我們來說，是「山上」與「山下」；對他們來說，山上山下都是家。

對我們是半年的駐村田調與一次登山的旅行，對他們是往返的日常。

我們試著將訪談的、經歷的事物製作成戲劇，原本以為要演故事，但其實都是人生。

在演出的前兩天，我和 Nac 說：「怎麼辦？我沒有太魯閣族的名字，我其實也好想擁有一個。」

Nac 看著我，眼神像部落溫暖的火：「讓我想想，這需要等待聲音。」

5.

Nac 是族語老師。她是當時部落第一個考上大學的，母親 Yaya 對她寄予厚望。但她書沒念完就懷上身孕，曾經是決定離開部落的人，沒想過多年之後會和先生一起回到山上做起生態導覽。

每次做劇，都會有特殊的緣分出現，像是幸運的流星劃過，應許了願望般。如果沒有 Nac，不知道這次的漫步劇場會失色多少。排演時，溪邊的夜裡有星，我們跟著 Nac 在部落裡步行著，聽她說這裡曾發生的故事。

來到她兒時住的舊家，村裡最後一排，看得出來已經有一段時間無人居住，Nac 指著牆說了一段往事。

小時候，我們幾個孩子都在這裡玩耍，等待家人從山上下來，他們常常一上山就是好幾天，就會把孩子託付給鄰居幫忙照顧，在那個物資缺乏的年代，鄰居給的食物也不多，我們常常吃不飽。我們算著日子，兄弟姊妹們會坐在階梯上，遠眺著山，只要看到一小點衣服顏色在山林間移動，也不管是不是自己的父母親就會大聲呼喊。因為只要再一兩個小時，上山的大人們就會陸續回到村裡，只要山上的作物收成好，我們這些孩子就會有零食吃。

我看著斑駁的牆面，遙想小小的 Nac 盼望的身影。那一道樓梯拆除後的痕跡，像烙印在心上的記號。

6.

Nac 和她哥哥最親。哥哥有些智力不足，常被別人欺負，都是 Nac 保護他，和欺負他的人出口吵架、出手打架。他們相差兩歲，母親 Yaya 擔心兒子，還讓他在山上幫忙了兩年，等到 Nac 升上國中才讓哥哥回去讀書，Nac 和哥哥當了同學三年。Nac 是哥哥的傘，但多年後 Nac 離開部落，哥哥是她走往山上的雨鞋。

7.

當角色確立，我準備演出一個登山客。我終於擁有了人生第一雙雨鞋，黑色中筒，有些合腳。我穿著它在部落裡走來走去，走上長長的階梯，看著山那頭。山麗萬年，人世更迭。

8.

當我聽導覽的時候，我還不知道 Nac 的哥哥已不在人世。

在討論創作劇本裡一段情節時，我曾問過夥伴：「人真的會在不熟的人面前說出心中傷痛的事情嗎？」

我才知道 Nac 在訪談裡，曾平靜地說過。

那天，哥哥從山上打電話告知說要下山了，Yaya 等了一天沒看到人，因為天氣突然變糟、臨時不下山也是有可能的，所以 Yaya 等了下去。等了兩天、三天，還是沒看到人，打電話也沒人接，Yaya 開始緊張地請山上親友去他們家哥哥的房間。哥哥每天都有撕日曆的習慣，從來沒有一天忘記。

牆上的日曆停在，哥哥說要下山的那天。

9.

這次的劇由四齣各二十分鐘左右的戲串聯而成，我這組的場景是一個燒烤攤，我和老闆與 Nac 的老公，將在攤位旁呈現一段山上山下的愛情故事，試圖聊聊 Teywan（平地人）和族人在戀愛觀與價值觀上的異同。

我是一個經常上山的登山客，必須在坡上最高的階梯等待，等到觀眾們都坐進攤位了，我才踏著雨鞋下來，粉墨登場。

10.

演出前的傍晚，Nac在門前喚住我。

她說：「我想到你的名字了，Kingbu。」攤開的手心上寫著一個名字。

我低聲覆誦了一次。族語和英文不太相同，K不發「ㄎ」，而是近乎「ㄍ」的音。

她輕笑：「意思是溫和、勇敢的獵人，有著犧牲小我完成大我的性格。」

我說：「妳聽到聲音了，是嗎？」

她點點頭緩聲說：「我看著你，背著背包、穿著雨鞋，從階梯走下來的時候，好像看到我哥哥。」

Kingbu，是Nac哥哥的名字。

11.

我聽過許多禱告。中文的、英文的，無論何種語言，信仰者的祈禱聲，總是真誠。

每場戲開演前，劇場夥伴們會集合起來圈成一圈，像圍著宴會的火堆。Yaya 開始用族語禱告，祈求演出一切順利。

第一次聽著太魯閣族語的祈禱，亙久的語言穿越 Yaya 如木般的聲腔，彷彿自己身在山林中、在月光下，似有火光在屋裡不斷搖曳。語言跨越理解的藩籬，不停吹著祝福的風。

團長 Pihaw 總說 Yaya 是巫婆，有任何困難只要去問她都能得到解答。而我總在她身上看到自己的神情般，Yaya 不說話時也會微皺眉頭，像有祕密一直住在那裡。

演出完，夥伴們會做當日流程細節討論，Yaya 也總是安靜地坐在後方，是令人安心、如慈祥長輩的存在。

我走到她身旁說：「今天也辛苦 Yaya 準備竹筒飯與香蕉糕了。」

她搖搖頭說不會，然後突然和坐在旁邊來看劇的族人說：「這是定騫，他也像是我的家人。」

我眼眶一熱，說：「現在也是你兒子了。」

她微笑說：「是啊，Kingbu。」

12.

人，能是不同靈魂卻外在相似的容器嗎？我不時會想起這題。

那晚在旁的族人說 Kingbu 是他的拜把兄弟，他是第一個找到摔落山崖的 Kingbu 的人，他還有一絲氣息，卻沒能救回他。

因為不太習慣公開談論生死的議題，我彆扭地說不出話，害怕看見 Yaya 難過的表情，但 Yaya 已經相當坦然，握了握我的手。

已經離開的人，是無法再見到了。

我相信情感深刻的家人，他們的記憶與情感是會一直存在的，像山。

我只是在想，如果能在另一個人的身影中彷彿見到非常想念的人，我願意是一條承載思念的溪。

13.

部落的人會在日落後的戶外，三三兩兩地圍著火，烤著食物喝著啤酒，這時會有非常多話語在夜裡隨著煙瀰漫流動。

我們的劇名叫做《有火的地方就有故事》。

在我心中它還有個小標——〈那些雨鞋走過的路〉。

雨鞋走過人間

曾幻的日光
如今烏雲
不打算散

曾想過的夢
別人已經
好好入眠

你唱過的歌
在谷中徘徊

我穿著雨鞋
試圖走過人間

在月光下跳
舞的語言
火來不及蒼老
就成了煙

身軀是偶
字是遺願

說痛

說出痛從來不是為了比慘。

我們被什麼事物打破了，儘管永遠都會帶著裂痕，但這是為了讓我們擁有更多理解他人傷痛的溫柔。我是這樣想的。

偏執地盯著傷口或是有天終能放下，都是每個人自我的旅程。

發生在別人身上的，儘管與你的不同，但痛從來不是比較級。

有時我們能接住自己，有時並不。

若有人在你面前攤開傷口，也許他此刻需要被接住，或是如此地信任你。

用你受傷時需要別人對待你的方式對待他吧，都會是很好的陪伴。

我們都是，孤獨地走著，互相陪伴著的，人生。

過冬

誰陪伴誰
是最重要的問題嗎
你來了
我抱著你
你溫暖我
沒有什麼比落單的眼神
更需要被拾起
我望著你
捨得讓雪下了

小琴出現在我的生命，是去年底入冬以來第一波寒流來臨的時候。

「你要不要養一隻貓？」友人這樣問，在知道我結束了一段感情之後。她丟了幾張截圖給我，都是貓狗領養社團裡的。

過幾天友人回覆我，來不及，都被領養走了。

「那先緩緩吧，也許我要去台北生活了。」我敲下。

很多時候我都想反抗命運，但有時我又是如此相信機緣。

「改變都是需要契機的。」她曾在最後一通電話裡這樣說。

然後，寒流來了。

那是一個大家都在家裡搓著手取暖的夜，我在客廳來回踱步自擾，無心關注電視劇情，也沒注意老弟跑進跑出在忙什麼，只是不斷地想著想不透的問題，深淵的迴圈，天空低垂，一切如此厚重。

直到他拼拼蹦蹦地一路從後院衝到客廳，手中捧著的紙盒裡趴著一隻灰白色生物，可能才一兩個月大。

「洗衣服的時候就一直聽到喵喵叫，終於讓我找到了。」

瘦瘦的、小小的、顫抖著。聲嘶力竭地叫，不確定是飢餓還是害怕，也許都有。我在她的眼神裡看見了很裡面的自己。

「你前幾天不是才在考慮要不要養貓嗎？」

我弟將紙盒推到我眼前。

「你的貓。」

我接了過來，終於捨得讓雪落下。

後覺

打開潘朵拉的盒子
看見薛丁格
原來活著的自己
其實早死了
只是現在才發現

今夜的你，睡得著嗎
明天的你，要繼續撐著
像少年時被打破的你
也試著黏補自己
我知道現在要你還試圖相信都太為難了

但嘗試用盡力氣吧
有些風景你還沒看見
還不要放棄
要記得
有人背對了你
有人會擁抱你

負重前行

二十幾歲到三十多歲，這樣的十年，是許多人人生變化最劇烈的時候。
我曾以為找到方向，也曾迷過路，更有過路已走絕的日子。

時間，從不會等人完整才繼續前進。
我們都是尚未形塑完成就冷卻的容器、缺了幾片的拼圖、還沒寫完的歌。

總是有遺憾的。
遺憾是路上的告示牌。
你會開始知道何時該轉彎，知道適當的速度，還有要小心落石。

當需要注意的越多，人生便很難感到輕盈。

日漸沉重，我們走著走著都成了馱著重殼的蝸牛。
但當你背負著所有過往的重量前行時，會特別容易被一些簡單感動。
像一朵花靜靜地開。
像天正藍。

後記

烏雲密布時，如果想看見陽光，雨要懂得下。

我卻常常不懂得釋放。

面對世界，我是屬於彆扭的人。

彆扭的人時常將事情藏著、將情緒憋著、把淚水忍著。心冷的時候如雪般固化，面對世事時便身心僵硬，難以鬆凍。冰封的所在很難打破，於是自己在內心漫走時也會感到窒礙難行，人生中很大的困難，總是自己與自己過不去。

那些凝固成雪的，都曾在心裡流動。

那些凝固成雪的，都有重量。

再堅固的屋簷，總有承受不了的重，我開始望著天空。

聽說，雪剛落下時會吸收聲波，世界會漸漸地安靜下來，像是剩下自己。
萬籟俱寂、平淡寧靜。
你能聽到內心裡幽微真實的聲音。
我想，我們都該捨得讓雪落下。

文字森林
READING FOREST
文字森林系列 017

我終於捨得讓雪落下

作　　者　劉定騫
總 編 輯　何玉美
責任編輯　陳如翎
封面設計　海流設計
版型設計　鄭婷之
內頁排版　theBAND · 變設計— Ada

出版發行　采實文化事業股份有限公司
業務發行　張世明 · 林踏欣 · 林坤蓉 · 王貞玉
國際版權　鄒欣穎 · 施維真 · 王盈潔
印務採購　曾玉霞 · 謝素琴
會計行政　李韶婉 · 許俽瑀 · 張婕莛
法律顧問　第一國際法律事務所　余淑杏律師
電子信箱　acme@acmebook.com.tw
采實官網　www.acmebook.com.tw
采實臉書　www.facebook.com/acmebook01

I S B N　978-986-507-196-7
定　　價　350 元
初版一刷　2020 年 10 月
初版六刷　2023 年 3 月
劃撥帳號　50148859
劃撥戶名　采實文化事業股份有限公司
104 台北市中山區南京東路二段 95 號 9 樓
電話：(02)2511-9798　傳真：(02)2571-3298

國家圖書館出版品預行編目資料

我終於捨得讓雪落下 / 劉定騫著 .-- 初版 .– 台北市：采實文化 , 2020.10
面；　公分 .-- (文字森林系列 ; 17)
ISBN 978-986-507-196-7(平裝)
863.55　109012745

采實出版集團
ACME PUBLISHING GROUP